Sonya
ソーニャ文庫

# 鏡張り貴公子は
# 清貧の乙女を淫らに愛したい

小山内慧夢



イースト・プレス

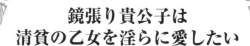

contents

# 1　麗しの貴公子と清貧の乙女

エルベルト・ダヴィアは麗《うるわ》しい。

絹糸のようにまっすぐな金の髪はまるで神から祝福を受けたように光り輝き、くるりとカールした長いまつ毛に縁どられた瞳は朝露を湛《たた》える新芽のように人の目を引きつけた。

まだ七歳ながら非凡《ひぼん》な才能を発揮し、マナーや一般教養はもちろん、近隣国の言語、地理と歴史そして政治学を修め隙のなさを知らしめたかと思えば、子供らしい無邪気《むじゃき》さを発揮した。

生まれながらにして人の心を引きつけて離さない術を知り、魅力にあふれていた。

世が世なら、長じればダヴィア公国の良き為政者としてその名を轟《とどろ》かせたことだろう。

しかしダヴィア公国はエルベルトの祖父の代にグルガーニ国が突如仕掛けてきた侵略行為に降伏を余儀なくされた。

侵略によって併合されたダヴィア公国はダヴィア領として、グルガーニ国の一地方となった。そしてグルガーニ国はダヴィア領民と土地を掌握《しょうあく》するために、ダヴィア公に爵位を与え公爵とし、そのまま治めさせたのである。

公国をよく治めていたダヴィア公を領主として据えることで、領民からの反発を抑える狙いが成功した形だ。

エルベルトは併合後の、一地方となったダヴィアを治めるダヴィア公爵の継嗣《けいし》として生を受けた。

侵略によって破壊されたため一時的に領内は荒れていたが、ダヴィア領は豊かな土地のおかげか以前と変わらぬ暮らしができるまで回復した。

叛意《はんい》を見せることなく税をきちんと納めてさえいれば、グルガーニ国から圧制を受けることもない。

だが、以前と変わらぬ暮らしができていても、『侵略さえされなければ……』という思いが、ダヴィア公爵家の人々を慕う領民たちの胸に燻《くすぶ》っていた。

エルベルトの英明さを目の当たりにすると余計にそんな思いが捨てられない。そんな領民の思いを敏感に感じ取ってか、グルガーニ王は事あるごとにダヴィア公爵を王城に何度も呼び寄せては叛意がないかを確認する。

グルガーニ国の王城は背後を神峰《しんぽう》プランエジュアに守られた高台にあり、贅《ぜい》の限りを尽くした煌《きら》びやかなものだった。王都のどこからでもその荘厳《そうごん》な尖塔《せんとう》を見ることができる。

そんな煌びやかな城の廊下を今日もダヴィア公爵フランツは歩く。

いつもと違ってフランツひとりだけではなく妻クリスティンとひとり息子のエルベルトを伴っており、近衛騎士に先導され後ろを護衛兵によって守られていた。だが守られているというより連行されているように感じて、フランツはこっそりとため息をつく。

今日の謁見が乗り気ではないからだ。暗澹《あんたん》たる気持ちを抑えることができない。

度重なる召還に応じ叛意がないことを示すことは、ダヴィア領をよりよいものとしていくのに避けて通ることはできない、領主としての務めである。

グルガーニ国の公爵や侯爵など高位貴族や主だった貴族は、領地だけでなく王都にも屋敷を構え、一年のほとんどは王都に住んでいる。

グルガーニの王族との友好的な関係を保つには、ダヴィア公爵家も王都に屋敷を構えて住まうほうがいいとわかっているが、それはできない。侵略をされた記憶が濃く残る領民たちを不安にさせてしまうからだ。

王城で耳にする様々な噂《うわさ》の真偽はわからないが、フランツは王城にできるかぎり妻と息子を連れてくるつもりはなかった。

しかし、先日七歳になった息子のエルベルトは美貌と聡明《そうめい》さが噂となり、王と王妃の耳に届いてしまったのである。

謁見の際に連れてくるよう言われていたのをまだ幼いからとやんわり断っていたのだが、国王から強めの書状が届き応じないわけにはいかなかった。

(どうか、何事もなく終わりますように……)

謁見の間に入る前、立ち止って大きく深呼吸をするフランツの手を、幼いエルベルトが握った。

「父上、緊張しているのですか?」

その鮮やかな緑の瞳の奥に少し不安の色がある。

エルベルトを挟んだ向こうにいる妻クリスティンも心配そうにしている。

「大丈夫だよ。それよりもエルベルト、約束を忘れずお利口にしているんだよ?」

最大の懸念を伝えると、小さな紳士は心外だというように頬《ほお》をふくらませた。

「私はもう赤ちゃんではございません! 王様にだってきちんとご挨拶できます!」

可愛《かわい》い息子の憤慨《ふんがい》した様子に、近衛騎士も護衛兵も僅《わず》かに頬を緩《ゆる》める。

エルベルトの愛らしさは王城でも有名になっているのだ。

そのことが誇らしいのと同時にどうしようもなく胸を締めつける。

(ああ、神よ……!)

扉を開けると言う近衛騎士に頷《うなず》くと、フランツは唇を引き結んで顎《あご》を引いた。

胸に手を当て、なにがなんでもエルベルトを守らなければならないと誓う。

父親のただ事ではない気配を感じたのか、それまで泰然《たいぜん》としていたエルベルトも息を詰める。

クリスティンはそんなエルベルトの背に手を当てて、前を見据えた。

「おお、ダヴィア公爵、よう来られた！」

入室したフランツが頭を下げるよりも前に、王妃マクダレーナが声を上げた。その多分に喜色を湛えた声にエルベルトがビクリと肩を揺らした。

フランツは柔らかく口角を上げ息子の小さな肩を抱いて微笑《ほほえ》みかけると、一歩前に出て玉座の下で片膝《かたひざ》をついた。

クリスティンとエルベルトも彼の後ろでそれに倣《なら》いかしこまる。

「お召しにより参上いたしました。我が太陽グルガーニ国王陛下、そして王妃殿下」

「よく参った。楽にせよ」

逸《はや》る気持ちを抑えられない様子の王妃に落ち着くように手で小さく制しながら、国王は笑みを浮かべる。

「変わりはないか」

「は。おかげさまで領内も特に問題なく、作物の実りも上々で……」

今年の税収について話す国王とフランツの二人に、再び王妃が割って入る。

「そんなことよりも、早うその子を紹介しておくれ！」

王妃の視線はフランツの背後に固定されている。

「マクダレーナ……」

国王が額に手を当ててため息をつくが、仕方がないというようにフランツに目配せをする。フランツは笑顔を張りつけながらエルベルトを隣に呼んだ。

「陛下、我が息子エルベルトにございます。……エルベルト」

息子に小さく声をかけると、強く視線を合わせて頷く。

エルベルトも小さく頷き、子供らしく少しぎこちない挨拶をする。

「国王陛下、王妃殿下お初にお目にかかります。ダヴィア公爵家嫡男《ちゃくなん》のエルベルトと申します」

国王はニコニコと笑みを浮かべて「おお、利発な子だ」と言うと、もういいぞと鷹揚《おうよう》に手を振る。挨拶をすませた小さな子供を謁見の場に留まらせる必要はないという王の配慮だったが、王妃がため息交じりに言葉を続けた。

「まあ、噂通りなんと見目麗しい……お前のような美しい子供は初めて見るぞ」

「お、恐れ入ります……」

王妃に話しかけられたエルベルトは慌てて姿勢を正して頭を下げる。

すると王妃は機嫌よさげに扇をたたんで侍女に合図を送った。

「どれ、未来の公爵閣下におやつをやろうな。近う寄れ」

隅に控えていた侍女が持っていたかごを王妃に手渡す。

その中に菓子でも入っているのだろう。エルベルトはどうしたものかと父親を見ると、フランツは頷いた。それを受けてエルベルトが玉座の隣の王妃の椅子に近づく。

「おお、おお……！　近くで見るといっそう美しいな……、どれでも好きなものを取ることを許すぞ」

「ありがとうございます、王妃様……では、これを」

エルベルトは花の形の小さな焼き菓子を手に取ると、ハンカチを取り出して大事そうに包む。

「この場で食べてよいのだぞ？」

寛容な態度の王妃に、エルベルトは驚いたように目を見張るが軽く首を振る。

「いいえ、王妃様。王妃様から直にいただいた大事なものを、すぐに食べてしまうなんてもったいなくて……あとでゆっくり味わっていただきます」

ニコニコしながらそう返答すると、王妃は感動が込み上げたのか身体を震わせる。その様子を見てフランツはすばやくエルベルトに近寄るとサッと抱き上げた。

「王妃様、ありがとうございます。我が子にこのような栄誉を与えてくださって感謝いたします」

「公爵、ではまた次の会議で」

国王が今度こそ下がってよいと合図をすると、礼を尽くして謁見の間をあとにする。

しばらく無言で回廊を歩いていると、妻のクリスティンが細くため息をついた。

「ああ、緊張で心臓が潰れてしまうかと思いました」

「ははは。まあ、一度挨拶にあがれば、あとはエルベルトがそうそう王城に来ることもないだろう」

王族や貴族が一堂に会する新年のパーティーや年に二回ある王城主催の夜会など、必ず出席しなければならないものは夫婦同伴での参加になるが、子供は社交界デビューするまでお預けだ。

グルガーニでは男子ならば十五歳か十六歳ごろにあたる。

現在七歳のエルベルトにはまだ先の話だ。

継嗣エルベルトを連れての気が重い挨拶を終えたフランツが肩の力を抜いて帰宅の途に就こうとしていると、侍従に呼び止められた。

「ダヴィア公爵閣下」

「……なにか？」

フランツの視線が鋭くなった。

その侍従の着ている衣服から、所属を読み取ったのだ。

侍従は恭《うやうや》しく頭を下げると「王妃様がお呼びです」と言った。

「あなた……」

不安げな視線を夫に向けるクリスティンの肩を抱いたフランツは、侍従に向き直る。

「承知いたしました。つきましてはその間妻と子供をどこかで休ませたいのですが、部屋をお借りできますか？」

侍従は戸惑った様子だったが、有無を言わせぬフランツの迫力に負けたのか、王城の一室を手配してくれた。

「帰るのが遅くなってしまいますね」

案内された部屋でエルベルトは椅子に座って足をぶらぶらさせた。

まだ背の足りないエルベルトは、大人用の椅子では足が床につかないのだ。

クリスティンはフランツが出ていったあと、心配そうにずっと扉を見つめている。

そんなに神経質にならなくても、安全な王城なのに――エルベルトはそう思いながら、ポケットに手を入れてハンカチ包みを取り出した。

さきほどは大事に食べると言ったが、手持無沙汰《てもちぶさた》なうえに小腹が空いてしまった。

ここならばゆっくりと味わって食べられると思ったのだ。

「母上も半分食べますか？」

小さな焼き菓子だったが、エルベルトはひとりで食べるような子供ではない。

しかしクリスティンは振り返って顔を引き攣《つ》らせると眉をひそめた。

「エルベルト、食べるのはおよしなさい」

珍しく固い母の声に首を傾げたエルベルトは、それでも母の言葉に従って焼き菓子をハンカチに包み直して、元通りポケットにしまった。

「いい子ね。あとで夕食をたくさん食べましょうね」

「……」

エルベルトは母に抱き締められながら、ほんの少し唇を尖らせた。

それからしばらくして父のフランツが戻ってきて、ようやく帰宅の途に就いた。

しかしフランツの顔色は優れない。父と母の深刻な様子に、エルベルトはなんの話だったのかと聞くこともできなかった。

ただつまらないという気持ちを募らせ、馬車に揺られていた。


事件が起きたのは、謁見をすませ領地に帰って数日後のことだった。

エルベルトが屋敷の庭から忽然《こつぜん》と姿を消したのだ。

公爵邸の庭でエルベルトは番犬と遊んでいるはずなのに、やけに静かなことを不審に思った使用人が様子を見に行くと、番犬が口から泡を吹いて痙攣《けいれん》していた。

驚いた使用人が辺りを見回しながら名を呼ぶが、エルベルトの姿は見当たらない。

使用人は慌てて家令に報《しら》せ、屋敷にいる者総出で捜索《そうさく》にあたった。

すぐにフランツとクリスティンにも報せが入り、領民の手も借りて捜索にあたったが、エルベルトの行方はわからないまま……街中が大騒ぎになった。


エルベルトは全身の痛みと揺れで目を覚ました。

呻《うめ》いて身体を起こそうとして不自由に気付く。

(猿轡《さるぐつわ》……それに縛られている)

ボロ布で覆われ、荷馬車に乗せられているらしい。

しばらく息をひそめていたが、見張りはいない様子だ。

後ろ手に縛られた縄が緩まないかと少しずつ身体を動かしてみるが腹部や顔が痛み、思わず呻き声を上げる。

「うっ……」

ほんの僅かな声だったが、数拍遅れて荷馬車が止まった。

エルベルトはぎくりと身を強張らせて動きを止める。

(気付かれた……？)

人が動く気配がして、身体にかけられたボロ布が乱暴に捲り上げられる。

姿を現したのは目つきの悪い男だ。

若いのか年を取っているのか俄《にわ》かには判別できない奇妙な容姿だったが、顎に引き攣れたような傷があった。

どう対応したらいいか迷っていると、いきなり胸倉を摑《つか》まれて頰を張られる。

「うっ」

「ガキが。今、縄を抜けようとしたな？　一人前に俺を出し抜こうとしやがって」

何度も平手で頰を打たれ、口の中が切れて、血の味がすると心が折れそうになる。薄目を開いて男の肩越しに田園風景が見えた。

（どこだろう……屋敷からはずいぶん離れたような……）

頰を打たれブレる視界と痛みに耐えながら、エルベルトが頭の中で国内の地図を思い出す。

見える景色に該当する場所がないか考えていると、大きく拳《こぶし》を振りかぶった男に殴《なぐ》りつけられた。

「あぐっ！」

「てめえ、小賢《こざか》しいんだよ！」

粗野《そや》な男はカンが鋭いようで、エルベルトが現在位置を探っていたことに気付いたようだ。苛立《いらだ》ったように何度も殴りつけてくる。

エルベルトは容赦《ようしゃ》なく暴力を振るう男の凄《すさ》まじい形相《ぎょうそう》が、まるで寝物語に乳母が語った恐ろしい悪魔のように感じられて身体が強張った。

抵抗も、防御することすら考えることができない。

男が掴んでいたシャツが破れたせいで後ろへと倒れ込んだエルベルトは、後頭部を強打し意識が遠のいていく。

男が口汚く罵《ののし》る声を聞きながら、エルベルトは生きて帰れないかもしれないという気持ちが湧き上がるのを止められないまま気を失った。


事態が動いたのは四日後だった。

ダヴィアに隣接する領の街道沿いに、今はもう誰も住んでいない町がある。そのはずれにあるあばら家の前に荷馬車が停まっており、見知らぬ怪しげな男が出入りしているというのだ。

不審に思った領民が見知らぬ男に声をかけたが、無視してあばら家に入っていったという。もしやしたら盗賊の類《たぐい》かもしれないと、領民は警邏隊《けいらたい》に届け出た。

その情報が偶然、エルベルトを探しているダヴィアの騎士の耳に入った。

騎士たちはすぐさま警邏隊に同行しあばら家へと向かう。

あばら家にいた男は後ろ暗いところがあったらしく、警邏隊と騎士の姿を見た途端、逃げ出した。

警邏隊が逃げた男を追い、ダヴィアの騎士が捜索のためにあばら家へ入ると、手足を縛られ暴行を加えられた子供を発見した。

その子供がエルベルトだった。


時は流れ、十三年後。

人々が公爵家嫡嗣誘拐事件を思い出さなくなった頃、年に二回開かれる王城主催の夜会の会場に誰も見たことのない見目麗しい男性が現れた。

絹糸のような金の髪を濃紺のベルベットのリボンで束ね、同じ色のウェストコートにブリーチズといった上品な出で立ち。仕立てがよく、一目で高級だとわかる衣類はもちろん、その立ち居振る舞いも洗練されていて、周囲の視線を集めた。

夜会に参加している女性たちは麗しい男性が誰なのかを知りたくて、扇の陰で囁《ささや》き合い情報を得ようとするが知っている者はいない。

「このような場は久しぶりですが、人は変わらないものですね」

麗しき男性――エルベルトは興味深そうに夜会の会場を見回しながら顎に手を当てた。

その仕草がまた一部の婦女子の心臓を射抜き、小さな悲鳴が広がる。

エルベルトと共に夜会に来ていたダヴィア公爵フランツとその妻クリスティンは揃って眉をひそめた。

「昔のようなことはないだろうが、くれぐれも気を付けるように。私もずっと一緒にいられるわけではないのだから」

あの事件から十三年、エルベルトは今年で二十歳になった。

背も伸び、すでにフランツよりも高く肩幅もある。

姿を見せなかった間、エルベルトはただ怯《おび》えて屋敷で過ごしていたわけではない。

さらに深く学問を修め、騎士たちと共に鍛錬《たんれん》を重ね、自らの中の怯えと恐怖を跳ねのけることに成功した。今ではならず者が束になってかかってきても、ひとりで撃退できるほどの腕前を有している。

「承知していますよ、父上。もう子供ではありません」

自信にあふれた笑みを見せる息子の背を、フランツは安心したように叩く。

フランツの知人が果敢にも声をかけたことで、注目を一身に浴びる麗しい男性が幼い頃誘拐被害に遭《あ》ったダヴィア公爵フランツの息子エルベルトだと判明した。

夜会の会場は一気に熱量が上がっていく。

次期公爵で美しく、そしてたくましく成長したエルベルトが十数年ぶりに姿を見せたのだ。夜会の話題の中心となるのは仕方がないことだろう。

「ダヴィア公爵、夫人……そしてエルベルトか。息災のようでなによりだ」

「ほんに、久しぶりだこと。久々の夜会、楽しまれよ」

「恐れ入ります」

国王と王妃への挨拶をそつなく終えた途端、たくさんの人々に話しかけられエルベルトは戸惑ったが、生来の社交性を発揮し、群がる紳士淑女《しゅくじょ》を難なくあしらった。

久しぶりに人が大勢いるところに来たせいか気疲れしたエルベルトは「少しひとりになりたい」と愁《うれ》いを帯びた表情で伝え、父母からも周囲の人々からも離れバルコニーに出た。

エルベルトを追ってバルコニーに来る者はいない。互いに牽制《けんせい》し合っているせいもあるが、エルベルトに嫌われたくないために近寄ることを躊躇《ためら》っているからだ。

（……大丈夫だ、大丈夫。ここにはいない）

エルベルトはそっと息を吐きながら、手鏡を仕込んである胸ポケットに手を当て呼吸を整えた。


夜会の以降、ダヴィア公爵邸にはたくさんの招待状と求婚状が届けられた。

狩猟の会や討論会などの招待状は主に男性から、そして求婚状は年頃の令嬢から後家まで、実に様々な年代の女性から届けられた。

普通の貴族であれば、もっと若いうちから婚約者を決めることが多い。

身分も能力も美貌もすべて兼ね備えた最高の男性が突如現れ、婚約者が決まっていないとなれば、鼻息が荒くなるのは当然のことと言えるだろう。

ダヴィア夫妻もエルベルトも、すっかり回復したからには社交に関しての遅れを取り戻すべく人とかかわることもやぶさかではない。

公爵家の嫡嗣であるエルベルトは父の跡を継ぎ、子を成すという義務があるのだ。

お誘いは精査してから無理のない範囲で受けることにし、父の助言と侍従の意見に耳を傾け、エルベルトは徐々に社交の幅を広げていった。

しかし、婚約者が決まっても先へ進もうとすると婚約破棄されることが二度三度と続き、婚約と破棄の回数が両手の指では足りなくなった頃には、周囲に『なにかおかしい』と訝《いぶか》しまれるようになっていた。

結局誰とも長続きせず、しまいには不名誉なあだ名までついたエルベルトは結婚せぬまま三十路《みそじ》を迎えることとなってしまった。


その夜、エルベルトはカーマン侯爵主催の夜会に参加していた。

こうした誘いを受けることも多いため、ダヴィア公爵家ではエルベルトが二十歳で人前に出るようになったのを機に王都に屋敷を購入した。

フランツの持つ伯爵位をエルベルトに譲ったことで、社交シーズンになると公爵の名代として主にエルベルトが各種行事に参加することが増えたためだ。

エルベルトの父フランツは最近、公爵位もエルベルトに譲って領地で余生を過ごしたいと口にするようになってきた。

年齢的には少し早いが、父の意思を尊重するため、エルベルトも反対はしていない。

エルベルトの補佐役も仕事ができる人間だし、二十歳までずっと屋敷にいて父から領地経営や政治のなんたるか、そして為政者であったダヴィア家の心構えなどもしっかりと受け継いでいる。

誘拐事件のあと、『悪魔』に対する恐怖と折り合いをつけたあとも、フランツは頑なにエルベルトの外出を制限、特に王都へ行くことを固く禁じた。

あのような事件があって、両親も不安なのだろうと理解していたエルベルトだったが、それがまさか二十歳まで続くとは思ってもいなかった。あまりに過保護ではと思ったが、エルベルト自身特に不便は感じていなかったので両親の考えに従っていた。

次期公爵として学ぶことは多かった。

社交に時間を割くことなく効率的に自己研鑽《けんさん》ができたおかげで、すぐに公爵としての仕事を任されても問題はない。

問題があるとすれば、不名誉な二つ名を囁かれ、未《いま》だに婚約者がいないことだ。

今日も夜会に出席しているが、不名誉な二つ名を囁かれるようになってから、些《いささ》か人とのかかわりに辟易《へきえき》しているエルベルトは社交に意味があるのだろうかと考えるようになっていた。

だが今夜は必ず参加しなくてはいけない理由があった。

「エルベルト卿《きょう》」

名を呼ばれて振り向くと、夜会の主催者であるカーマン侯爵と、その娘のヘルミーネが笑みを浮かべて立っていた。

「これはカーマン侯爵、今宵はご招待ありがとうございます」

慇懃《いんぎん》に腰を折ったエルベルトが挨拶をすると、間を置かずヘルミーネが一歩前に出て手の甲を差し出す。

「ヘルミーネ嬢、お久しぶりです。相変わらずお美しい」

彼女の意図を正確にくんだエルベルトは儀礼的に口角を上げ、すくうようにヘルミーネの手を取ると、その甲に口付けた。

「まあ、お上手ですこと」

顎を反らし高飛車な表情のヘルミーネはまんざらでもない様子で、流し目を寄越す。

その視線に雌豹のような気配を感じたが、エルベルトは気付かないふりをして笑みを浮かべる。

この夜会は、エルベルトとヘルミーネの見合いを兼ねているのだ。

（どうせ無駄だろうが……）

顔合わせのために夜会に来たものの、エルベルトは婚約そして婚姻《こんいん》に至る可能性があると少しも思っていない。

グルガーニ国最高の男性であるエルベルトが未だに独り身でいる最大の原因は——不名誉な二つ名にある。

曰く、『エルベルト・ダヴィアはナルシストで変態性癖の持ち主』。

まことしやかに流れ王都に蔓延《まんえん》している噂は、エルベルトの近寄りがたい美貌と相まって妙な信憑性《しんぴょうせい》を持って根強く流布《るふ》されていた。

和やかに談笑したあと、カーマン侯爵が席をはずした途端にヘルミーネが酔ったと言い、夜風を求めてエルベルトをバルコニーに誘う。

ヘルミーネの浅はかな考えに予想がつきながら、エルベルトも本音で話すには好都合だと誘いに乗った。

取り繕ったところで、暴露《ばくろ》したときに気持ちが離れていくことを止めることはできないのだ——エルベルトも、そしてヘルミーナも。

案の定、誰もいないバルコニーに出るとヘルミーネはあからさまに身体をエルベルトにすり寄せて流し目を送ってくる。

「エルベルト様、もうわたくしの気持ちに気付いていらっしゃるのでしょう？」

「ええ、おそらくほぼ正確に」

エルベルトは静かに口角を上げげた。

カーマン侯爵の領地はここ数年産業に陰りが見え始めている。

原因は侯爵が様々な設備投資を渋ったからだ。

川の氾濫を防ぐために実施した工事も、信頼性の低い安価な資材を使用したため裏目に出てしまったと聞く。川の氾濫を防ぐことができず、領民の暮らしをさらに厳しいものへとしてしまった。

そのうえ領民に重税を強《し》いている。そろそろ領民の不満が爆発する頃だろう。

領民の支持を得るには税を引き下げるのが一番だ。しかし実行すれば、カーマン侯爵家の存続が危うくなってしまう。

税収が減れば侯爵家の取り分が減る。

金でいろんなことの後始末をさせているカーマン侯爵には大打撃だ。有力者に渡す袖の下がなければ、すぐにカーマン侯爵家が立ち行かなくなるのは目に見えている。

エルベルトは目の前でしなを作るヘルミーネを見た。

流行のデザインらしいが、過剰に露出し女を前面に押し出した下品なドレス。

金額だけに全振りしたような宝石、ギトギトと光を反射する唇。

なんとしてもエルベルトを篭絡《ろうらく》しろと厳命されているのだろう。

カーマン親子の目には、エルベルトが金のガチョウに見えているのかもしれない。

(舐められたものだ……だが、私とてそう言ってもいられない事情がある)

エルベルトはニコリと笑みを浮かべた。

その反応にヘルミーネは勝算があると思ったのか、ずいと身を寄せてくる。

「エルベルト様、わたくしたち次の段階に進んでもいいと思うのですけれど」

「次の段階、というと？」

とぼけるとヘルミーネは目を細めて口角を吊り上げる。

「いやですわ。お互いなにも知らない子供ではないのですから。わたくし、夫となる人が少しばかりナルシストでも気にしませんし、それに……多少特殊な趣味でもご一緒できると思うのです」

ヘルミーナが大きなカードを切った。

エルベルトがこの年まで結婚できなかった理由に深く切り込んできたのだ。

その潔《いさぎよ》さにエルベルトは一瞬目を見開くと、ふっと緩めた。

さきほどとは違い、懐《ふところ》に入れるような雰囲気にヘルミーナは手ごたえを感じる。

一気呵成《いっきかせい》に畳みかけようとヘルミーナが前のめりになったところで、エルベルトが口を開いた。

「もし私と婚約するとなれば、その先には結婚するという選択肢が避けられません」

「承知しておりますわ」

望むところだと鼻息も荒くヘルミーナが頷く。

その様子を見るに、ヘルミーナはこれまでエルベルトに言い寄ってきたどんな女性より上昇志向が強いようだ。

期待できるかもしれない。

エルベルトは服の中から鎖を通した手鏡を取り出す。

お守りとして肌身離さず持っていたためナルシストだと誤解されてしまった手鏡を見ても、ヘルミーナは特に嫌がった様子を見せない。

(彼女は悪魔ではないのか……？　それに本当に噂を気にしないと……？)

エルベルトの胸に期待がふくらむ。

逸る気持ちを抑えて、極力平静を装って言葉を紡いだ。

「私と妻の寝室の壁は、鏡張りです。浴室も手洗い場などの壁も、可能な限りそうしています」

「……は？」

突然のエルベルトの告白に、ヘルミーナの動きが止まった。

さきほどまでの自信に満ちあふれた淑女の仮面に、ひと筋の亀裂《きれつ》が入ったようだ。

「煌々《こうこう》と灯《あか》りを点《つ》けたまま、前も後ろも表も裏も、なにひとつ隠し事ができないよう、全面です」

「え、ちょ、……ちょっと待ってください……そんなご冗談を……」

ヘルミーナの顔が引き攣った。

グルガーニ国やその近隣の国の閨《ねや》の作法は大きく違わない。

だいたいは寝室の灯りを落とし、ベッドに入り閨を共にする。

それはみだりに人の目に触れさせるものではないという社会通念が存在するからだ。

エルベルトはそれを知りつつも、頓着した様子を見せず続ける。

「冗談などではありません。お互いのすべてを晒《さら》すことができないと夫婦にはなれませんからね。心も、……身体も」

揺るぎない眼差しを向けてくるエルベルトは、とても冗談を言っているようには見えない。ヘルミーナはわなわなと震え一歩後ずさった。そのぶんエルベルトは長い足で大きく一歩踏み出す。

「ひっ」

大袈裟に身体を震わせて、ヘルミーナが小さく悲鳴をこぼした。

動揺しているのだろう、視線があちこちに泳いでいる。

まるでどう口実をつけてこの場から逃げ出そうかと思案しているようだった――いや、事実そうなのだろう。

「どうしたのですか、ヘルミーナ嬢。顔色が悪いようだが」

「あ、いえ、……そう。そうですね、わたくし急に気分が……！　し、失礼します」

逃げるようにバルコニーから足早に去るヘルミーナの背を、エルベルトは醒《さ》めた目で見送った。先ほど微かに感じた高揚感がすっかり失せてしまう。

（やっぱり駄目か。あんなに熱心だったから今度こそと思ったが、ままならぬものだな。しかしあれほどに鏡の間を毛嫌いするとなると、もしかしたら彼女は悪魔の血を引いているのかもしれない……）

これまで何人の令嬢と婚約したか、正確な人数はもう覚えていない。

皆それなりに仲良くなり、屋敷に招待するとすぐに寝室に入りたがるくせに、いざ案内すると顔色を変えて逃げていく。

そしてあまつさえ『エルベルト・ダヴィアは変態』などと悪口を広めるのだ。そのせいで今やエルベルトの婚約者に、と名乗りを上げるものはいない。

（悪魔の混血は多いと聞くが、まさかこんなに身近にいるとは知らなかったな）

誘拐事件のあと、怪我《けが》が治ったエルベルトは悪魔について詳しく調べた。

母親が誘拐犯は悪魔で、鏡で正体を見破ることができると言ったのを受け、二度とあのような凶暴な悪魔の手に落ちないよう、敵のことを知る必要があると思ったのだ。

母が与えてくれた絵本だけではいかにも情報が足りなかった。

エルベルトが調べた限りでは、悪魔が人に取り憑いたりするのは無防備になるときが絶好の機会だという。

つまり就寝時が一番危険だということだ。

だから寝室を悪魔の正体を暴《あば》く鏡で覆い尽くした。

悪魔は鏡に映らないため、鏡を嫌うのだ。

それに、無防備と言えば入浴のときや手洗いのとき、そして性交の際もそうだろう。

忘我の境地に至るときは、悪魔にとって一番の狙い目に違いない。

(もう、あんな恐ろしい思いをするのは嫌だ)

だがどんなに鍛錬を積み身体を鍛《きた》えようと、あのときの恐怖が消えてなくなることはなかった。今はなんとか強引にねじ伏せているだけにすぎない。

ゆえにエルベルトは、鏡張りの寝室でないと眠ることができない。それが『変態性癖』だと言われていることは知っているが、どうしても克服できないのだ。

(三十二にもなって情けないと思うが、こればっかりは……どうにもならない)

エルベルトは深くため息をつくとバルコニーから空を見上げた。

薄曇りの空には星ひとつ見つけることができなかった。

＊　＊　＊

ジルダは教会の後ろの隅のほうでひっそりと祈っていた。

今日はパンや焼き菓子がよく売れてありがたい、と感謝を込める。

山で採取した薬草もいい値をつけてもらった。

おかげで次の材料を仕入れることもできたし、少しばかり教会に寄付することもできる。

（神様、わたしは慎ましく生きています。ですからどうか、このまま穏やかに生きることをお許しください……）

一際強く念じてから閉じていた瞼《まぶた》を開けると、ピンクブロンドの長い前髪の隙間から金色の瞳が姿を現した。

このように色味は派手な容姿をしているが、ジルダは粗末《そまつ》な衣服に身を包みさらにそれを厚いマントで覆い隠し真面目に生活をしている。

街はずれの一軒家に住み細々と生活するジルダは、余人に隠しておきたい秘密があった。

それはひとたび人に知られてしまえばただではすまない、大変な秘密だ。

だからジルダはマントを目深に被り、目立たないようにいつも気を付けている。

「おや、ジルダ。今日も熱心だね」

「神父様」

神父のウーヴェは信心深いジルダをよく気にかけてくれている。

困ったことがあったら相談しなさいと言ってくれる柔らかな視線と声に、ジルダはいつも救われ、頼みとしていた。

「あの、少しですがこれ。わたしが作ったお薬です」

ウーヴェに手渡す小さな瓶《びん》に詰めた丸薬は腹痛用、とろりとした液状のものは咳止《せきど》めだ。

本当は砂糖で周りをコーティングしたり、シロップを混ぜたりすると格段に飲みやすくなるのだが、砂糖は高価でなかなか手に入れることができない。

売り物の焼き菓子には蜂蜜《はちみつ》を使っているが、薬に使うことができない。

誤って一歳未満の子供の口に入ることがあるかもしれないからだ。

売るときにいくら注意しても、購入者がいざ使うときになるとそれをすっかり忘れてしまうことはよくある。

「ああ、いつもありがとう。ジルダの薬はよく効くからね」

「わ、嬉しい！　また持ってきますね」

教会の役に立てたことが嬉しくて微笑むと、ウーヴェは寂《さび》しそうな笑みを浮かべる。

「いつも言っているけれど、こんな隅のほうにいなくてもいいんだよ。椅子に座って、皆と同じように普通にしていなさい。皆等しく神の子なのだから」

ウーヴェの言葉にジルダは視線を落としてはにかむと、不自然にならないように気を付けながら視線を転じ話題を変える。

ちょうど教会に併設されている孤児院の子供が、白いシャツに吊りズボンでおめかしをしていたのが見えたのだ。

「あらあの子、もしかして里親が決まったのですか？」

常に資金難な孤児院では、新しい服を用意することも大変だ。

しかし孤児の里親が決まり送り出すときには、多少の無理をしてでも必ず新しい服を着せて送り出すことになっている。

それを知っていたジルダは喜ばしい出来事に声を弾《はず》ませた。

だがウーヴェは緩く首を振る。

「いや、何人かの子供が王城に招待されているのだよ」

「王城に……？」

ジルダは驚いて声を上げる。

たまに貴人《きじん》が孤児院の慰問《いもん》に訪れることは知っていたが、まさか孤児院の子供が王城に招待されることがあるとは知らなかった。

ウーヴェは稀にあることなのだと説明した。

「今の王妃様は頻繁《ひんぱん》に子供を呼んでくださる。それが縁で王城の仕事に就く子供もいるのだよ」

「王妃様はご立派な方なのですね」

王都のほぼ中心にあるグルガーニ城は、まるで物語の挿絵にでてくるような壮麗な佇まいだ。

平民で『訳あり』のジルダが終ぞ足を踏み入れることは叶わぬ、高貴な人たちの住処。

自分とは住む世界が違うと思っていたのに、思いのほか近いところに接点があることに純粋に驚かされる。

ジルダはそのあとも少し世間話をしてから教会を出た。

俯いて階段を下りながらマントのフードをしっかりと被り直して歩き出す。

家に向かっているとだんだん人の行き来が少なくなり、街のはずれまで来ると誰もいなくなる。

ジルダの家は位置的には一応王都、というのどかな街に住んでいる。

しかし街と言っても、街よりも森のほうが近い。

薬草を採取するのに都合がいいが、森の実りが少ないとオオカミやクマが出ることもあり安全面に不安が残る。

それでも見るからに金の匂いのしないボロ屋に盗みに入るような者はおらず、ジルダはなんとか飢えることがない程度に細々と生活することができていた。

帰宅してすぐに陰気なマントを脱ぐと、中から思いがけず魅惑的《みわくてき》な肢体《したい》を持った女性が姿を現す。

緩く波打つピンクブロンドと長いまつ毛に縁どられた輝く金の瞳。

柔らかそうな胸、くびれた腰にきゅっと上を向いた尻、すらりと伸びた脚……女性なら誰もが羨《うらや》むといっても過言ではないだろう。

だがその顔は僅かに幼さを残しており、艶やかな厚い唇に庇護欲をそそられる男も多いに違いない。

しかしジルダは祖母の教えを守って、頑ななまでに魅力的な部分を残らず覆い隠す。

（だってわたし……淫魔の血を引いているんだもん……！）

鏡に映る自分を見て、ジルダは大仰なため息をついた。

ジルダが幼い頃に亡くなった母も美しい人だった。

淫魔という特性上父親は誰かわからず、ジルダは祖母に育てられた。

祖母はジルダがひとりで暮らせるようになると、山奥で隠遁《いんとん》生活を送ると言って出ていってしまった。数年前のことだ。

祖母はジルダよりもずっと淫魔の血が濃く長命なため、長くひとところに住むことができない。

なかなか死なないことに気付かれてしまうからだという。

（仕方のないことだとしても、ひとりは寂しいわ……）

ジルダは深くため息をつくと無心に残った家事を片付ける。

洗濯が終わると気になるところだけを手早く掃除して、食事を作る。

ひとりで食べるだけならばメニューも凝《こ》る必要はない。

余裕があればしっかりと煮込み料理とサラダを作ることもあるし、面倒なときはパンをミルクに浸して食べて終わりにしてしまうこともある。

少しくらい乱れた生活をしても、淫魔の血のなせる業なのか若さなのか、ジルダは体調を崩すこともなければ肌が荒れることもない――今のところ。

己の丈夫さに感謝しながら、それでもジルダは寂しさを募らせていった。

（わたしが魔女なら黒猫を飼うのに……）

しかしジルダは魔女ではなく淫魔の血を引くだけだし、ほとんど人間と変わらない。

別に魔女じゃなければ猫を飼ってはいけないわけではないが、万が一ジルダの正体がバレてしまったときに猫がいじめられては大変だと思うと、飼うこともできない。

普通の人間には魔女と淫魔の違いがよくわからないらしい。

人は『よくわからないもの』を恐れる。

だからジルダは普通の人間に見えるように、細心の注意を払って生活していた。

そんな八方塞《ふさ》がりの生活をしているジルダの密《ひそ》かな楽しみは、月に一度程度の頻度で教会にやってくる、美しい男性に会うことだ。

もちろん会うといっても近づいたり言葉を交わしたりするわけではない。

彼は遠くからそっと見るだけでも心が浄化されるような美しさを持っている。

先日やっと名前を知ることができた。

教会にやってきた老婆が階段から落ちそうなところを、その美しい男性――エルベルトが支えて助けた現場に遭遇《そうぐう》したのだ。

ジルダも慌てて駆け寄ろうとしたのだが、もしジルダが間に合っていたとしても老婆と共に階段から転げ落ちてしまっていただろうから、エルベルトは二重に人助けをしたことになる。

「大丈夫かな、ご婦人」

「まあまあ、こんな婆《ばば》にご婦人だなんて。あら、あなた様はもしかしてエルベルトさまではございませんか？」

老婆は礼を言うと年甲斐もなく頬を染め、命の恩人であるエルベルトの手を握った。

「……足元には気を付けなさい」

肯定はしなかったが否定もしなかったため、間違ってはいなかったらしい。

おそらく人目を避けてのお忍びなのだろうとジルダは推察する。

しかし名を名乗らなくても、彼の輝かんばかりの美貌のせいでまったく忍べていない。

その日から少しずつ集めた情報によると、彼は身分の高い貴族なのだという。

さらさらと軽やかに風に靡《なび》く金髪に甘いマスク、高い背。

細身なのになよなよしいところがなく堂々としている様子は、見かけるだけでジルダを幸せにしてしまう力があった。

まさに、美しさは正義――である。

「ああ、明日はいらっしゃるかしら……エルベルト様」

ジルダはパンの仕込みをしながら虚空を見つめた。

そんな彼女の目が恋する乙女のものになっていることに気付く者はいなかった。


そして翌日、いつもより早めに教会へ赴き熱心に祈りを捧げているジルダだったが、待てども待てども目当ての人物は現れなかった。

いつもの後ろの隅に陣取っていたジルダは、出入りする人をつぶさに確認できるため取りこぼしはないはずだ。

（……今日はいらっしゃらないのかしら）

エルベルトとて必ずこの日に来ると決まっているわけではない。

いつもだいたいこの辺りに現れることが多い、というだけだ。

しかしやっと会えると思っていたジルダは意気消沈する。

明らかに落ちた肩でとぼとぼと歩くジルダの様子は、質素な服装と相まって悲劇すら感じさせるほどである。

足元もふらふらとおぼつかなく、ジルダは教会の階段を降りきったところで前から来る人を避けきれずぶつかってしまった。

「あ……っ、すみません」

よろめいたジルダの腕が摑まれた。

驚いて顔を上げると、ジルダは頬を引き攣らせる。

知った顔だったのだ。

「なんだよ、シケた顔してんなァ？」

ぶつかったのは以前絡まれて迷惑した、街のごろつきだった。

風が強い日にうっかりとフードがあおられて顔を見られ、目が合ってしまったのだ。

淫魔としての特性を無意識に発揮してしまったジルダは、危うくごろつきに襲われそうになった。

淫魔の血を引くと言っても身体はか弱い女性だ。

身体の大きな男に襲われては勝ち目はない。

そのときはなんとか逃げおおせたが、今日はしっかりと腕を摑まれていて、とても逃げられそうにない。

「は、放してください……っ」

「へっ、それで抵抗しているつもりかよ」

必死に腕を取り返そうとするが、ごろつきはニヤニヤするばかり。

周囲の人はかかわり合いになりたくないのだろう、二人を避けて遠巻きにしている。

「ぶつかってしまったのは本当にごめんなさい！　お詫《わ》びしますから……っ」

放してほしいと何度頼んでも、ごろつきはヘラヘラと笑っている。

「そうツンケンするんじゃねえよ。悪いと思うならちょっと付き合え。な、悪いようにはしねえから」

猫なで声で顔を近づけてくる男の息は荒く、正気が怪しい。

ジルダは背中に冷や汗をかく。

(いけない……っ、もしかしてまた《魅了》してしまった?)

祖母が教えてくれた、ジルダの淫魔としての能力の唯一にして最たるものが《魅了》である。

《魅了》とは淫魔が得意とするもので、人の意識を阻害して興奮させ、精気を吸い取りやすくするのだ。

だが血が薄まったジルダにはその自覚がなく、制御することができなかったため、祖母は去る間際までよくよく注意していた。

『お前は《魅了》する力が強いから、むやみやたらに男を虜にしないよう気を付けるんだよ』

だから人と目を合わせるとき……特に男性には気を付けていたのに。こういう不測の事態に遭うと頭が真っ白になってしまう。

男性に免疫がないので、軽くあしらうこともできない。

「いやっ、放してください！」

力の限り腕を振りほどくと、その拍子にジルダの身体が大きく傾いた。

重力に引かれて転んでしまいそうになったジルダは固く瞼を閉じ、痛みに備えた。

しかし覚悟した痛みは一向に訪れず、なにかに背中をがっしりと支えられた。

「大丈夫か？」

すぐにふわりと甘やかな香りがして怖々と瞼を開けると、ジルダの前には美しい顔面があった。

さらさらの金の髪は陽に溶けるように煌めき、若葉のように瑞々しい光を湛えた瞳は優しげにジルダを見つめている。

「……っ、…………!!」

（エ、エルベルト様!?）

言葉にならない悲鳴を上げたジルダは、全身を硬直させ呼吸を止めた。

きっとこの瞬間心臓も止まっていたに違いない。

「……大丈夫か？」

再度声をかけられて、ジルダはようやく我に返った。

時間的には数秒だったのだろうが、エルベルトに抱えられているのが思いのほか心地よくてぼうっとしてしまった。

「あっ、大丈夫です！　ありがとうございます」

頬を赤らめたジルダに、ごろつきが苛ついたような声をかける。

「おい、女の前だからってかっこつけてんじゃねえぞ！　お前も終わったような顔してんじゃねえ、さっさとこっちに来い！」

「……っ！」

男に因縁をつけられている最中だったことをすっかり失念していたジルダは、慌ててエルベルトから身体を離す。

男は今にも殴りかかりそうな顔で、ジルダの隣に立つエルベルトを威嚇している。

無関係なエルベルトに迷惑をかけてはいけない。

ジルダはエルベルトに頭を下げると、ごろつきのほうへ一歩近づく。

しかしそんなジルダの手を、今度はエルベルトが摑んだ。

「……彼は君の知り合いか？」

低く甘く響く声は、ジルダの中であたかも祝福の鐘のように反響する。

「い、いいえ！　そこでうっかりぶつかってしまって、謝罪をしていたところで……」

「あぁそうだ、しっかり謝ってもらうんだから関係ねえ奴はすっこんでろ！」

しかしエルベルトは理由を聞いても手を放すどころか、ジルダを自分の背後に庇《かば》って男から隠すと毅然《きぜん》と言い放った。

「そのように立派な体格をしているのなら、華奢《きゃしゃ》なレディがぶつかっただけで怪我をしたわけでもないだろう。言葉による謝罪の他にいったいなにが必要だというのか？」

そう言ってジルダを擁護《ようご》するエルベルトに、男が怒声《どせい》を放つ。

「うるせえ！　金持ちでちょっと顔がいいからって、お高くとまってんじゃねえ！」

男は短気な性格なのだろう。

まるで獲物を横取りされた獣のような咆哮《ほうこう》を上げて、エルベルトに向かって拳を振り上げた。

「危ない！」

ジルダは咄嗟にエルベルトを庇おうと、二人の間に割り込み両手を広げた。

自分のせいで美しく親切なエルベルトが殴られては大変だと思ったゆえの、本能のような動きだ。

「っ、きみ……！　チッ」

ジルダの行動に驚いたエルベルトは焦《あせ》りからか舌打ちをすると、ジルダを軸にくるりと回転した。

ジルダの死角から長い足が振り下ろされ、ブーツのかかとがごろつきに容赦なく蹴り下ろされる。

ごろつきは悲鳴を上げる間もなく地面に叩きつけられた。

「……っ!?」

目の前で起こったことに驚いて固まっていると、遠くからエルベルトを呼ぶ声がして我に返る。

「エルベルト様、なにがあったのですか！　ご無事ですか？」

「クラウゼン」

ジルダはクラウゼンと呼ばれた男に見覚えがあった。

以前もエルベルトと一緒に教会に来ているのを見かけたことがあることから、彼の侍従なのだろうと推測する。

すぐに状況を把握したクラウゼンはエルベルトの安全を確認したあと、警邏隊に突き出してくると言って気を失ったごろつきを引きずっていった。

「とんだ大立ち回りになってしまったな。それにしても割って入るなんて無謀なことを……」

呆れたように振り向いたエルベルトの言葉が不自然に途切れた。

ジルダはその視線の熱さから、自分がまたしてもマントのフードを被っていないことに気付いて慌てて被り直す。

「す、すみません！　わたしが余計なことをしたばっかりに……！　そもそもわたしが原因で危険な目に……」

密かに想いを寄せるエルベルトを自分とごろつきの問題に巻き込み、かつ危険にさらしてしまったことを後悔して瞼をぎゅっと閉じる。

自分の至らなさを深く反省していると、せっかく被り直したフードが後ろに引かれピンクブロンドの髪がこぼれてしまう。

エルベルトが故意に引いたのだ。

「……えっ」

「君、名前は？」

その甘やかな声の響きに、胸がときめくのと同時に血の気が下がる。

（ど、どうしよう……っ、もしかしなくても《魅了》してしまった……？）

エルベルトの緑の瞳がまっすぐに自分に向けられていることを意識したジルダは、制御することができないやっかいな能力を苦々しく思う。

祖母の説明によると《魅了》はかかったとしても、時間の経過と共に効果が薄れていくらしい。

淫魔が精気を吸う間だけ効果があればいいものであるため、こうなってしまったエルベルトとも接触を断てば効果は消えてしまう。

一人前の淫魔であれば《魅了》するもしないも意のままだと言うが、ジルダには一切制御できない。

このやっかいな《魅了》のために、ジルダは好きな相手と恋愛をするどころか、まともに会話を楽しむこともできない。

それが実感となって彼女の肩に重くのしかかる。

（やっぱり、わたしもおばあちゃんみたいに山奥で暮らしたほうがいいのかな……）

想い人と最接近できた思い出を胸に抱いて、この身が朽《く》ちるまで……。

生粋の淫魔は寿命が長いらしいが、ジルダは普通の人間と同じ速度で成長してきたため、自分がどれくらい生きるのか判断がつかない。

もし身体が朽ちても意識が残ってしまったらどうしよう。

そんなことを考えてうすら寒くなる。

ジルダは誰かを手玉に取って、面白おかしく暮らすことを望んではいない。見かけが自分と変わらない善良な人間を、どうして一方的に搾取することができようか。

（わたしはただ、穏やかに生きたいだけなのに……）

やるせない気持ちで視線を逸《そ》らしたジルダの肩が力強く摑まれた。

返事をしないジルダに焦《じ》れたエルベルトだった。

「私はエルベルト・ダヴィア。ダヴィア公爵家の者だ。この教会には定期的に祈りを捧げに来ている。君は？」

「あ、あうぅ……。ジ、ジルダです……」

身分が上の者から名乗られて、目下の者が黙っていることはできない。平民のジルダだってそれくらいの常識は知っている。

エルベルトの美の圧に押されたジルダは閊《つか》えながらなんとか答える。

(どうしてエルベルト様は《魅了》されていてもこんなに意識が明晰なのかしら？　逆にわたしが《魅了》されてるみたい……っ)

正面からエルベルトと対峙していると顔が熱く、思考がグズグズに溶けてしまいそうになる。

ジルダは危険を感じた。

過剰な《魅了》がエルベルトに悪影響を及ぼしかねないと考えたのだ。

もしかしたらエルベルトを愛しく思うあまり、強めに《魅了》してしまったのかもしれない。

(無意識って恐ろしい……！)

自分の本能が欲望に忠実すぎて、予想外の出来事に発展してしまったことに驚きながら、ジルダは深く頭を下げる。

「あの、助けていただいて本当にありがとうございました……っ」

すばやくフードを被り直すと視線を合わせないように俯き、なるべくエルベルトを見ないように意識する。

一刻も早くこの場を離れなければ。

離れれば、エルベルトにかかってしまった《魅了》の効果もすぐに消えるだろう。

そして自分のことなどすぐに忘れる……。

望んでいることなのに、エルベルトが自分のことを忘れてしまうことがつらくて、ジルダは唇を噛《か》む。

気を抜いたら泣いてしまいそうだった。

だが、ジルダの想いを知らないエルベルトは、なおもジルダの肩を摑んで放さない。

「ジルダ、このあと時間はあるかな？」

「……っ、はい、あ……あの……っ、困ります！」

本心と真逆のことを言うのは心苦しかった。

このあとの予定などない、まったく困らない！

しかし、エルベルトを《魅了》の悪影響から解放するには仕方がなかった。ジルダは恋心と良心との間で板挟みになり、泣きそうになる。

ジルダの態度をよいほうに解釈したようで、エルベルトは別の提案をしてくる。

「そうだな、突然言われても困る、か……。ならば来週、またここで会えないか」

エルベルトは諦《あきら》めない。

肩に乗せられた手のひらが彼の意思を伝えるように熱い。

「は、はい……、来週ならば、たぶん」

その熱に絆《ほだ》されたジルダは、やめたほうがいいとわかっていながら了承してしまう。

それくらい時間を置けば《魅了》の効果は消えているだろうし、次に会ったときに《魅了》しなければいい話だ、と都合よく考えて。

「よかった。では、またここで」

そっと視線を上げると、まるで宗教画から天使が抜けだしてきたようなエルベルトが微笑んでいた。

あまりの眩《まぶ》しさに目が潰れそうになったジルダは返事をすることもできず、慌てて深く頭を下げて逃げるように駆け出した。

(わ、わたし……エルベルト様と約束をしてしまった……!?)

顔が燃えるように熱い。

気を抜いたら奇声を発してしまいそうで、ジルダは奥歯を噛みしめて力の限り走った。

「エルベルト様……、あれ、さっきの者は？」

警邏隊にごろつきを突き出して戻ってきた侍従のクラウゼンが辺りを見回す。

エルベルトは口許《くちもと》に柔らかな笑みを浮かべながらジルダが去った方向を見つめている。

「彼女なら用事があるようで帰ったよ。さあ、祈りを捧げるとしよう」

「はあ……、え？　帰った？　エルベルト様を相手に？」

クラウゼンは釈然としない表情のまま、エルベルトに続いて教会への階段を上った。

教会でエルベルトは、いつになく熱心に時間をかけて祈りを捧げた。

こうして普通に生活できるまでに回復したが、エルベルトは未だに服の下に手鏡を忍ばせていないと安心することができない。

あれは人間ではない。残忍な『悪魔』の仕業《しわざ》だ——幼い頃誘拐され、犯人から殴る蹴るの暴行を受けたエルベルトは、そう思い込まないと正気を保てないくらいに心を病んでしまった。

いつかまた、あの恐ろしい『悪魔』が自分を連れに来るのではないか。

そんな考えを払拭《ふっしょく》できず、近づいてくる人間を悪魔ではないと確かめないと落ち着くことができない。

三十二歳にもなって情けないと思うが、どうしても身体が、心が怯えてしまうのだ。

（人間相手なら恐ろしいことなどないのに）

怪我から回復したエルベルトは父からの勧めもあり、自分の身を守れるように護身術を身につけ、その流れで剣術や体術を体得した。

今では公爵家の騎士に後《おく》れを取らないほどの腕前になっている。

それでも教会で神に祈るのは、小さい頃から変わらない。

『すべての悪魔を滅ぼしてください』

それだけを願い続けてきた。

長い祈りが終わり、神父のウーヴェに寄付金を渡したエルベルトは、ふと思いついて声をかける。

「神父様、あなたはジルダという女性を知っていますか」

「ジルダですか？　ええ、知っていますよ」

ウーヴェは眼鏡の奥の細い瞳をさらに細くした。

「彼女は街のはずれに住んでいますが、慎ましく信心深い、気立てのいい娘です。若い娘らしく着飾ることができないほど暮らし向きはよくないはずなのに、自分で作った薬やその日の売り上げの一部を教会に寄付してくれたりするのです」

エルベルトは驚きに目を見張る。

ウーヴェに言われるまで気付かなかったのだ。

確かに着ているものはあまりいいものではなかったと記憶している。

しかしジルダは十分清潔に保たれていたし、それどころか彼女に近づくと得も言われぬいい香りがした。

「そうなのか……」

「あの、ジルダがなにか失礼でも……？」

ウーヴェが不安そうに眉を下げると、後ろで控えていたクラウゼンが得意げに口を挟む。

主の活躍を吹聴したかったのだ。

「彼女が外でごろつきに絡まれていたのを、エルベルト様が助けたのですよ」

「おお、なんと……！　ありがとうございます、エルベルト様」

ウーヴェは大袈裟《おおげさ》なほどエルベルトに頭を下げて感謝を伝えてくる。

それに無言でもういいと手を上げたエルベルトを見て、クラウゼンが教会を出たところで声をかけた。

「エルベルト様、どうしてさきほど神父様から感謝されたのに難しい顔をされていたのですか？」

いつものエルベルトであれば「いやいや、気にしないでくれ」とか「大したことではない」とか言いそうなものなのに、今日はそうではなかった。

どちらかと言えば神父の言葉を迷惑そうにしていたような雰囲気すらあった。

「……私が彼女を助けたのは彼女を助けたいからであって、神父から感謝されるためではない」

「……は。左様ですか」

クラウゼンはよくわからないという顔をしたが、そのまま沈黙した。

「エルベルト」

重要な会議のために王都の屋敷に滞在していたフランツが、エルベルトの向かい側に座る。父親のなにか言いたげな表情にある程度察しがついたエルベルトは、小さくため息をついた。

「なんでしょう父上」

慇懃なエルベルトの態度に、フランツはあからさまなため息をつく。

「お前、あんなに可愛かったのに……大きくなってしまったな。ガタイも態度も」

「……私が今何歳だとお思いですか？　未だに可愛かったら怖いでしょう」

片眉を吊り上げて遺憾の意を示すエルベルトに、フランツは再びため息をつく。

「大人になっても可愛いものは可愛いのだ。それよりも、カーマン侯爵の件は断ったようだな」

それが本題らしく、フランツは腕組みをする。

威圧感はなく、ただ、『困ったなあ』という心の声が聞こえてくる。

「断ったなんて人聞きの悪い。鏡の間のことを言ったら、ヘルミーネ嬢のほうが逃げていったんですよ」

「うーむ……、なあ、エルベルト。鏡の間以外に他の方法はないのか？　その、眠ったり……行為をしたりするのに……」

フランツが言葉を濁し、難しげに首をひねって唸る。

フランツは婿養子のため、ダヴィア王家の血を引いていない。それゆえに必ず次代にダヴィアの血を繋《つな》がねばならないと半ば強迫観念めいたものを抱《いだ》いている。

フランツの真面目さと誠実さの表れだが、エルベルトは辟易していた。

「ないでしょうね。あるとすれば、確実に悪魔ではない女性を連れて来るとか」

「それは……例えば誰のことだ？」

そんな女性に心当たりがあるのか？　と視線で問うフランツに、エルベルトは顎に指を当てて少し考えてから宣《のたま》う。

「女神とか、天使とか」

脱力したフランツをよそに、エルベルトの頭には顔を真っ赤にして逃げたそうにしているジルダが浮かぶ。

そういえば彼女は、天使のように清らかで美しい。

あんな清楚で素敵《すてき》な女性が悪魔であるはずがない。

もし娶《めと》るなら彼女のような女性がいい。

そう思うと気持ちが弾むようだった。


ガキィン！

金属がぶつかり合う鈍《にぶ》い音が辺りに響く。

毎日の日課にしている剣の訓練は、実力ある騎士との実戦方式で行われている。

使用しているのは刃を潰した訓練用の剣とはいえ、重量もあり気を抜いていれば大怪我をしかねない。

訓練中だというのに、エルベルトの心はともすると数日前の教会へと飛んでしまう。

(ジルダ……)

教会で偶然逢ったピンクブロンドの面影が、エルベルトの心の中にずっと居座っている。仕事のときも食事のときも頭から離れないのだ。

美しさを隠そうとするような味気ないマントに身を包んだジルダはどこまでも控えめで、エルベルトが知っている女性とは違う生き物のようだった。

エルベルトが知っている女性は目を合わせようとぐいぐい来るのがほとんどだったが、ジルダは逆に避けようとする。

ジルダからは隠しようのない好意を感じるのに、である。

そしてジルダは美しい顔をひけらかすどころか、覆い隠して顔を背けてしまう。

慌てて去ろうとするジルダをどうにか引きとめたくて、エルベルトは自分から会う約束を口にしたことを驚いた。

そんなことをしたのは生まれて初めてのことだったのだ。

(そうだ、いつも向こうから誘われていたから……ああ、そうか。皆こういう気持ちで私

を誘っていたのか）

自分勝手な好意を押しつけられているという気持ちがあったことで、エルベルトは誘いを断るのをいつしか悪いとも思わなくなっていた。

（……次に誘われたら、優しく断ろう）

たとえ相手に下心があったとしても、人を誘うとき胸に抱くときめきを踏み躙《にじ》るのはよくないことだ。

そう胸に決めたエルベルトはしのぎを削《けず》っていた剣に込めた力を緩め、相手の力を利用して下方に受け流した。

「……っ」

焦った騎士の身体に余計な力が加わったのを見て取り、巻き取るようにして剣を弾き飛ばし大きく一歩踏み出す。

「……っ、参りました……」

刃先を突きつけられて、無念と言うように眉間にしわを寄せた騎士は気を落ち着かせるためか数度深呼吸をすると、肩の力を抜いた。

「気もそぞろだったから、一本取れると思っていたのですが」

「あれ、気付かれていたか」

悪びれもせず『他のことを考えていた』と白状したエルベルトに、騎士は再びがっくりと肩を落とす。

「剣で飯を食っている身なのに、護衛するべき相手に……しかも女のことを考えてニヤついているときに負けるなんて情けないです」

鍛え直さねばと苦い顔をする騎士に、エルベルトは目を見張る。

「私は、そんなにニヤついていたかな？」

自覚がなかったエルベルトが口許を片手で覆い尋ねると、騎士は意外そうに片眉を上げて、そしてにやりと笑った。

「ええ、ものすごく鼻の下が伸びていました」

剣で敵わなかったからか、エルベルトを揶揄《からか》うネタができた騎士はやたらと嬉しそうにしている。エルベルトはそれを不快に思うどころか、面映《おもは》ゆい気持ちでなにかを噛みしめるように唇を歪《ゆが》めた。

そこでその日の訓練を切り上げたエルベルトにタオルを渡したクラウゼンは、機嫌のよさそうなエルベルトに尋ねる。

「……なにか、いいことでもありましたか？」

「いいや、特には」

そう否定しながらも楽しそうなエルベルトを見たクラウゼンは、僅かに申し訳なさそうな顔をして彼から視線を逸らした。

# 2　鏡の間

『くそっ、いつまでこのガキの世話をさせる気だ！』

エルベルトを誘拐した男は短気だった。

苛ついては隠れ家の壁を殴り、歩くついでにエルベルトを殴り、蹴った。

最初こそ抵抗していたエルベルトだったが、それが男の気に障って余計にひどく殴られてしまうことを学習して、無言で埃《ほこり》っぽい部屋の隅で身を縮めていた。

そうでなくてもこの小屋に来てすぐ足を折られたため、身動きは最低限しかできない。

男は世話と言ったが、この四日間でエルベルトに固くなったパンをひとつ与え放置していただけで、世話らしい世話をしてもらった記憶はない。

(屋敷に帰りたい……父上、母上……っ)

泣くつもりはないのに両親のことを考えると勝手に涙が滲《にじ》んでしまう。

エルベルトは涙を拭くこともできず歯を食いしばった。

「なんだ、おめえ泣いてんのか？　男のくせに情けねえなあ！」

安酒を瓶のままあおっていた男は、空き瓶を壁に投げつけた。

ガシャンと瓶が割れる音にビクリと首を竦《すく》めると、男は心底おかしそうに笑った。

「は、はははは！　金持ちのボンボンも縛って転がせばその辺の汚ねえ浮浪者と変わらねえなあ！　情けねえもんだぜ！」

そう言うと靴のつま先でエルベルトの足を蹴った。

「ううっ！」

痛みに呻くと、それが気に入らなかったようで男はさらに激しく蹴り続ける。

「ふざけやがって！　殺せって命令なら楽だったのによォ！　俺にこんな手間かけさせてよォ！　ああ？　わかってんのかこのガキが！」

言っているうちに興奮してきたのか、男は怪我をしている足、腹、顔や頭……思いつく限り蹴りつけた。

エルベルトが吐き、血を流してもかまわず暴力は続けられた。

そんな中でもエルベルトは必死に身体を丸めて致命傷《ちめいしょう》を避けようとした。

気を抜いたら最後、殺されてしまうのではないかと思ったのだ。

恐怖に凝《こ》り固まりそうな心と身体を支えていたのは、本当に僅かに残っていた牛への執着だった。

「――ふう……」

ジルダとの約束の日の朝、エルベルトは起き抜けに両手で顔を覆った。

幼い頃のことを夢に見たのだ。

全身嫌な汗でじっとりと湿っているようで、最悪の目覚めだった。

「我ながら情けないことだ」

視線を上げると鏡の向こうの自分と目が合った。

幾重にも重なる、無数の虚像はなにも言わない。

重い身体を起こしてベッドから出ると、手早く身支度を整える。

今日はもともと予定にはなかったが、教会へ行く日だ。

ジルダとした約束を思い出し、エルベルトは心が浮き立つのを感じた。

(ジルダ……不思議な娘だった)

変態性癖を持つナルシストという不名誉な二つ名で呼ばれるエルベルトだったが、見目麗しく教養高く、身分も申し分ない彼にはいろんな目的で人が寄ってくる。

そんな輩《やから》に慣れていたエルベルトゆえに、顔を隠して自分から離れたがるジルダが気になって仕方がなかった。

(あのように美しいのに、なぜ顔を隠すのか……それに)

エルベルトは自分の手をじっと見る。

バランスを崩して倒れそうになっていたジルダを支えたときの感触が、まだ手のひらに残っている気がした。

細い腰だが骨ばっているわけではなく、柔らかい肉の感触がした。

全体重を支えたというのにまるで重さを感じず、背中に羽でも生えているのかと思ったほどだ。

(腰であのように柔らかいのだ。他はもっと……、いや、これ以上はやめるんだ私)

甘く流されそうになった思考を叱咤《しった》したエルベルトだったが、名残惜しそうに手のひらを握ったり開いたりする。

「ジルダ……」

小さく呟《つぶや》くと、胸が温かく弾むような心地になる。

エルベルトは、この感情は恋ではないかと考えていた。

初めてジルダに逢ったときから鎖骨のあたりが軋《きし》むように切なくて、息が苦しい。

なにかにつけて彼女を思い出して、そのたびに口許が緩んでしまう。

(貴族ゆえに恋などという感情とは無縁だと思っていたが……)

王都の街のはずれで慎ましい生活を営んでいるという神父の言葉から、ジルダは平民であろうと察せられた。

エルベルトは、ジルダを手に入れるにはどうしたらいいかを考えている自分に待ったをかける。

これまでたくさんの女性がエルベルトとの縁を求め近づいてきたが、鏡の間のことを知ると全員姿を消した。

好き者そうなカーマン侯爵の娘ヘルミーネですらそうだったのだ。あの純真そうな……いや、純真に違いないジルダが鏡の間のことを知ってしまったら、恐れてエルベルトから離れていってしまうに違いない。

いや、離れていく以前にそういう関係でもない。

「……不毛だ」

エルベルトはそれでも教会に行こうとする自分を止められない。

早くジルダに会いたかった。


「もしかして、もうちょっとおしゃれな服を準備するべきだったのでは……」

ジルダは下着姿のまま姿見の前に立って絶望していた。

昨日までは『別に、ただ会おうって言われただけだもの。着飾っていくなんて自意識過剰よ！』と思っていたのだが、いざ当日になるとジルダの中の乙女心が異を唱えた。

相手は貴族だ。あまりみすぼらしい格好だと恥をかかせてしまうという考えから少しでもいい服を着ていこうと思ったのだが。

「いい服なんて、持ってないし……」

そう多くない服を身体に当てて姿見に映すが、一番新しいものですら数年前に買ったワンピースなのだ。

しかもうっかりつけてしまった山ブドウの汁の染みが抜けなくてエプロンで隠している。

「うう、せめてエプロンが真っ白だったら……」

年季の入ったエプロンは綺麗に洗濯をしているが、全体的な経年感まで拭い去ることはできない。

「せ、せめて……アイロンを……」

ジルダは泣きべそをかきながら祖母から譲り受けた古びたアイロンを当てる。

「なにも着ていない状態が一番まともなんて……！」

ジルダは情けなさで泣きたくなり、唇を噛んだ。

時間があったのだから、服を準備することは可能だった。

お金に余裕はないが、僅かだがなにかのときにと備えていた蓄えを使うこともできた。

だが、ジルダは躊躇った。

会ってなにをするかわからなかったが、ジルダの中でエルベルトへの気持ちが大きくなってしまうことだけは確かだ。

意識的にそれを避けたいと思っていたのだろう。

(だって、……逢ったら、言葉を交わしたらもっと好きになってしまう)

だから敢えて服を用意しなかったのに、今になってそれを悔やむとは。

エルベルトがいったいなんの用でジルダに逢いたいのかはわからないが、その用がすんだらかかわるのを避けたほうが賢明だろう。

ジルダは改めて己の運命を呪《のろ》った。

制御できない《魅了》は無差別な呪いに等しい。

エルベルトをそんなものの被害に遭わせるわけにはいかない。

ジルダは鏡の中の女を見る。

明るいピンクブロンドの髪に泣き出しそうに潤んだ金の瞳。

自信なさげな表情と、やけに主張の強い身体。

なにもかもがちぐはぐだった。

「……今日を最後に、エルベルト様と会わないようにしなきゃ」

教会へ行く時間をずらしたり、いや、いっそ教会に行くのをやめたほうがいいかもしれない。

ジルダはため息とともに重苦しいマントを羽織《はお》ると紐《ひも》をきつく結んだ。

「ジルダ！」

重い気持ちのまま俯き加減で教会への道を歩いていると、声がかけられた。

驚きに顔を上げると、視線の先には手を上げ合図を送るエルベルトがいた。

「エ、……エルベルト様？」

驚いて駆け寄ると、エルベルトは優しい笑みを浮かべるが、その背後で侍従のクラウゼンがあまりよろしくない表情でジルダを睨《にら》んでいる。

約束の時間にはまだ余裕があるはずなのに、とジルダは顔を青くして謝罪する。

「も、申し訳ありません！　お待たせしてしまったようで……！」

単なる平民が貴族を待たせるなど言語道断。

無礼討ちにされても文句は言えない。

しかしエルベルトは小首を傾げて笑う。

「いや、ジルダに逢うのが楽しみで早く来てしまったのだ。おかげでジルダが歩いてくる様子をじっと見ることができた……我慢できなくて声をかけてしまったが」

「……っ!?」

エルベルトの声が甘い。

耳が火照《ほて》って顔全体が熱くなってしまったジルダは、フードをめいっぱい引き下げて顔を隠す。

「あの、それで……っ、今日はどんなご用で……」

好きという気持ちがあふれてしまわないように、そしてまた《魅了》してしまわないうちに……ジルダはそう考えて視線を下げる。

しかしその視線はすぐに上向きになった。

エルベルトがジルダの手を握ったのだ。

「好きだ」

「……え？」

急に手を握られた衝撃でよく聞こえなかったジルダは、エルベルトを見つめないように気を付けながら視線を上げる。

目線の先にあったクラバットが僅かに動いた。喉仏《のどぼとけ》が上下したのだろう。

「……好きなんだ、ジルダ。君のことをとても愛しいと思う」

「え……」

「エルベルト様？　いったいなにを？」

ジルダよりも侍従のクラウゼンのほうがすばやく反応した。

エルベルトが繋いだ手を乱暴に引き抜くと両腕を摑んでガクガクと揺さぶる。

「こんなみすぼらしい女にいったいなにを！　どこか具合でもお悪いのですか⁉」

「クラウゼン、なんて失礼なことを言うのだ」

エルベルトは美しい顔を不快げにしかめるとクラウゼンを押しやる。

「すまないね、ジルダ。どこか静かなところで話をしたいのだが……」

そう言って視線を合わせようと屈《かが》んだエルベルトに、ジルダは反射的に腕で顔を隠した。

それはエルベルトを《魅了》から守るためだったが、傍から見ればそれは強い拒絶の仕草に見えただろう。

「あっ、ごめんなさい……っ、わたし……、ごめんなさい……っ」

釈明しようとしたが、まさか《魅了》のことを言うわけにもいかず、かといってすぐにいい言い訳が思いつくでもない。

咄嗟に駆け出したジルダは、背後から引きとめるエルベルトの声が聞こえたが、それを振り切るように走った。

＊　＊　＊

王都での用事を終えたフランツはダヴィア領の屋敷で、机に肘をついてため息をついた。

まさかここまでこじれるとは思いもしなかったのだ。

「はあ……。しかしあのときはあれが最善だった。間違いない」

エルベルトが誘拐され、無垢《むく》な心に傷がついてしまったとき、もう取り返しがつかないと思った。

どうしてあんなことに、どうすればよかったのかと何度も自問自答を繰り返した。

悪夢にうなされ泣いて飛び起きるエルベルトを見ているのは本当につらかった。

クリスティンが咄嗟に『あれは悪魔の仕業だ』と言って鏡を与えたことでなんとか持ち直したとき、フランツはやっと息がつけたのだ。

だが、『悪魔』の存在はエルベルトの心の奥に、濃い影を落としていた。

あれ以来エルベルトは鏡を手放すことができなくなった。

特に鏡の間でしか眠ることができなくなったのは、想定外としか言いようがない。

「まさかここまでとは……」

エルベルトは今年で三十二歳を数《かぞ》える。

次期公爵である彼は、本来ならば結婚して子供が数人いてもおかしくない年齢だ。

しかし蓋《ふた》を開けてみれば未婚で、かつ婚約者もいない。

「そうだろう……、鏡の間を見せられたら誰だってたじろいでしまう……」

これまでに何度も普通の寝室で眠るように諭《さと》した。

エルベルトも納得して普通の寝室で寝てみたが、必ず悪夢を見て飛び起きる。

この世の終わりのようなひどい顔色で、大量の冷や汗をかいてしばらく言葉も発せない状態になる息子に、フランツはそれ以上強制することができなかった。

では、どうするのが正解だったのだろう。

何度も同じところをぐるぐると回る非生産的な思考の出口を探していたフランツは、執務室の扉をノックされて顔を上げた。

代々ダヴィア公爵家に仕えてくれている執事のエトガルだった。

エトガルはエルベルトの侍従クラウゼンの父親で屋敷の一切を取り仕切っている。

「どうした」

「クラウゼンから連絡が来まして、どうやらエルベルト様に想い人ができたようなのです」

フランツは目を見開いて立ち上がる。

はずみで椅子が音を立てて倒れたが、それに気を配ることもできない。

「それは本当か!?」

クラウゼンからの手紙によると相手は同じ教会に通っている平民だという。フランツは視線を揺らした。

エルベルトが自分から思いを寄せる人物ができたことは喜ばしい。

親としてはその想いが成就するように願うのはやぶさかではない。

だがもう亡国となったとはいえ、ダヴィアは由緒ある公国で代々高貴な血を受け継いできている。

その王統をここで途切れさせることはできない。

なんとかエルベルトには後継ぎを作ってほしい。

フランツにとって、ダヴィアの血を未来へ繋いでいくことはグルガーニ国に対するささやかな反抗だ。

しかし由緒正しいダヴィアの血に、平民の血が混じることは果たして許されるのか。エルベルトが娶るのは、可能ならば旧ダヴィア公国の貴族がもっとも好ましい。

だがグルガーニに併合されたあと、旧ダヴィアの貴族はこぞってグルガーニの貴族と縁を結んだ。

生き残るために仕方がない選択だったとはいえ、おそらく生粋のダヴィア貴族などもう残ってはいないだろう。

加えて鏡の間のこともある。

親としてエルベルトには幸せになってもらいたい。

「……むう……」

フランツは苦悩に顔を歪ませた。

考え抜いてエルベルトを受け入れてくれるのならば、相手が平民でも致し方ないと思っていると、エトガルが視線を尖らせる。

「やはりお相手は貴族令嬢が好ましいですし……平民なら子供だけ産ませるのもアリではないかと」

「そんな非人道的なことはいけない」

そうは言ったものの、しかし悪い手ではない。

貴族の中にはすでにエルベルトが変態性癖を持っているという噂が蔓延している。そっち方面に奔放だという噂のヘルミーネですら受け入れがたかったようだ。

誰だって変態に嫁《とつ》ぎたくはないだろう。

いや、エルベルトは決して変態などではないのだが、他者から見ればそう見えてしまうというだけだ。

フランツは頭を振る。

「しかし平民を娶ると苦労されます。確か最近もおりましたね、貴族社会に順応できなくて精神を患ってしまった方が」

「……うぅむ」

エトガルの言う通り、心を病んでしまう平民出身者は意外に多い。

順応できるほうが珍しいと言っていいほどだ。

貴族といえば優雅で遊んでばかりいるように見えるらしいが、その遊びの中に政治や駆け引きが隠れている。

ささいな言動ひとつで、由緒ある家が取り潰されることも珍しいことではないのだ。腹芸などしたことがなく、これまで言いたいことを言って生きてきた平民にそれを強いるのは無茶がすぎるというものだ。

急にノブレス・オブリージュなんて言われてもつらいだけだろう。

フランツだって急に平民として好き勝手生きろと言われたら、戸惑ってしまうかもしれない。

「……そうだな……、負担にならないようにという意味では、そういう配慮も必要かもしれん」

将来のことは相手とよく話をして決めなければならない。

好きだからというだけでなんでも解決するものではないのだ。

「その女性にしっかりと意思を確認して、もし難しいようであれば後継ぎを生んでくれるだけでもありがたいと思わねば」

「では、そのように返事をしておきます」

エトガルは深く頭を下げると執務室を出ていった。

一筋縄でいかない問題だが、僅かに光明が見えた気がしてフランツは安堵の息をついた。

＊　＊　＊

街はずれの家まで必死で駆けて、倒れるようにベッドに横になったジルダはそこでようやく自分が泣いていることに気付いた。

シーツが涙を吸って冷たくなっていく。

「ううっ、神様あんまりです……っ」

誰とも交わってはいけない自分が、まさかエルベルトから好きだと言われるなんて。

それにあんなに直接的に好意を口にされたのは初めてだった。

これまで《魅了》された男は、皆ジルダの身体だけを欲しがった。

劣情《れつじょう》以外の純粋な恋情《れんじょう》を向けられたのは初めてだった。

「……わたしがもし……、エルベルト様を死なせてしまったら……あれ？」

ジルダはシーツに伏せていた顔を上げた。

自分の思考に違和感を覚えたのだ。

ジルダが恐れているのは、エルベルトを死なせてしまうことである。

その原因は精気を過剰に吸い取ってしまうこと。

しかし、ジルダは純粋な淫魔とは違い、食事からエネルギーを得ている。

人の精気を吸いたいなどと思ったこともない。

ジルダが人間と違うのは、唯一《魅了》が使えることだけだ。

それは祖母が断言しているから間違いない。

であれば、ジルダがエルベルトの精気を吸い尽くしてしまうことはないのでは？

ジルダは数日頭を冷やして考えた。

まず、エルベルトは好きだと言ってくれたが、それが即性愛と結びついているとは限らない。

人として好き、という可能性も捨てきれない。

そして、万が一性交渉したとしても《魅了》しか使えないジルダでは、一人前の淫魔のように精を吸い取り人を死に至らしめるほどの力があるとは思いがたい。

万が一あったとしても、通常の淫魔よりは能力は低いはずだ。

これまでそういう機会がなかったため検証できないが、必ずしも性交によってエルベルトに害をなすことはないかもしれない。

(これも可能性の話だけど……過剰に《魅了》しなければ大丈夫よね、たぶん)

《魅了》は自分で制御できるものではないが、相手を見ないようにすれば起こらないはずなのだ。

例えば目隠しをしたり、後ろからまぐわうようにしたら……。

そこまで考えて、ジルダは自分がそこまでしてエルベルトと身体の関係を持ちたいと考えていることに気付いて顔を赤くする。

「ちが！　違うわ！　そんなことばかりを考えているわけではないの！　想い合うことができたらそれで十分よ！　ただ、もしそういうことになったときのためにちゃんと考えなくてはいけないと思って……っ」

ジルダは洗濯物のシーツがしわにならないように叩きながら、誰に向けてかわからない言い訳をする。

何度か深呼吸をして気持ちを落ち着かせていると、家の扉がノックされた。

普段近所の住人と交流がないだけに誰なのかと首を傾げたジルダだったが、再度ノックされたため、慌てて返事をしてマントを着込む。

「はい……え、あなたは……」

難しい顔をして扉の前に立っていたのは、エルベルトの侍従のクラウゼンだった。

戸惑ったものの、知らぬ顔ではないし、とりあえず部屋の中に通すとクラウゼンは不躾《ぶしつけ》ともとれる視線で室内をじろじろと見回す。

まるで値踏みするような態度はあまり気分がよくないが、エルベルトの侍従に無礼な態度を取ることもできない。

「たいしたおかまいはできませんが……」

訪問の意図がわからぬまま、ジルダは薬草茶をクラウゼンに淹《い》れた。

クラウゼンはそれには口をつけず、じろりとジルダを睨みつける。

どうやら彼はジルダにいい印象を持たず、そしてあまりいい話をしに来たのではないようだ。

「客の前で顔を隠しているままとは……失礼だと思わないのか」

「す、すみません……失礼なのは承知していますが、事情がありまして。ご容赦ください」

狭い部屋の中で男性と二人きりで、もしも《魅了》したら大変なことになってしまう。しかも相手はエルベルトの侍従だ。

面倒なことになるのは避けられない。

ジルダは冷や汗をかきながらさらに深く頭を下げる。

「まあ、いいだろう。平民に礼儀を説いても仕方がない……最近教会に行っていないな？　なぜだ」

クラウゼンは詰問口調で眉間にしわを寄せ、前のめりになる。

なにかを見極めようとしているように見えたが、クラウゼンがいったいジルダのなにを見極めようとするのか。

ジルダは慎重に言葉を探した。

「エルベルト様に失礼をしてしまったので……合わせる顔がなくて……。ご迷惑でしょうから、もうあの教会には行かないつもりです」

「……エルベルト様を厭うというのか」

クラウゼンの声に凄みが増す。

ジルダは彼の気持ちの重心がわからず戸惑いのまま、首を振る。

「いいえ、そうではありません。エルベルト様は素晴らしい御方です。わたしのような平民が近くに寄るのも申し訳ないと思いまして……」

まさか自分が淫魔の血を引いていて、望まずに《魅了》してしまうかもしれないからとは言えない。

テーブルの上でもじもじと手をすり合わせていると、クラウゼンは姿勢を正して咳払いをする。クラウゼンを取り巻く空気が変わった気がして、ジルダは僅かに顔を上げた。

「お前、家族は」

「おりません。両親は病《やまい》で……」

人に聞かれたときはそう答えるようにしている。

母親が病で死んだのは本当だが、父親のことは知らない。

そしてこの場におらず、淫魔の血が濃く長命な祖母のことは言わないほうがいいだろうと判断して口を噤《つぐ》む。

嘘《うそ》をつくわけではない。

言わないだけだと言い訳しながらも、ジルダはクラウゼンに対して後ろめたい気持ちになる。

「お前は身綺麗か」

「え……ちゃんと身体は清潔にしていますし、洗濯だって……」

もしかして匂うのか、と椅子から立ち上がってクラウゼンから距離を取り、袖口を鼻に近づけて嗅《か》ぐ。

異臭は感じられず、石鹸《せっけん》の匂いと僅かに薬草の香りしかしない。

「そうではない……不特定の男と関係を持ったりしていないかを聞いている」

聞き直されてジルダはカッと頭に血がのぼった。

ジルダを貞操《ていそう》観念のない女ではないかと疑っているのだ。

「そんなことはしていません！」

いくらエルベルトの侍従とはいえ、あまりに失礼で不躾な発言にジルダは身体が震えるのを感じた。

(なんなの……なんて失礼な！)

わなわなとこぶしを震わせて怒るジルダに、神妙な顔つきになったクラウゼンはゆっくりと口を開く。

「お前には、エルベルト様と一夜を共にしてもらいたい」

「……」

クラウゼンの言葉が現実のものとは信じられず、ジルダは無言で無表情になる。

自分の希望が脳内からこぼれ出てしまったと思ったのだ。

こんなことを、エルベルトの侍従が言うわけがない。

ジルダの無言をどう捉えたのか、クラウゼンは言葉を続ける。

事前に考えてきたような、それは残酷なほどに滑らかだった。

「お前にエルベルト様の子を産んでもらいたい。ただ子供を産んだとしてもお前をエルベルト様の伴侶として公爵家に迎えることはできない。もし子供ができたら、子供のみ公爵家で引き取ることになるだろう」

ジルダは眩暈《めまい》を覚えてテーブルに手をついた。

クラウゼンの言っていることがわからない。

「……本気で、そんなことをおっしゃっているのですか？」

冗談なら無礼を見逃すという意味を含めたつもりだったが、クラウゼンはおもむろに頷く。

「もちろんだ。きちんと公爵様からの許可もいただいている。ただでとは言うつもりはない。謝礼も支払うと約束する」

「……なんてこと」

頭が痛い。ジルダは額《ひたい》を押さえて唸《うな》った。

まさか民の手本となるべき貴族が、こんな無体なことに許可を出したとは。

俄かには信じられずに、ジルダはクラウゼンの目の前で『ありえない』とばかりにかぶりを振る。

そんなジルダの様子に焦ったのか、クラウゼンがさらに言葉を尽くす。

クラウゼンにとってジルダが二つ返事で引き受けないことは想定外だったようだ。

「エルベルト様は必ず後継ぎを作る必要があるのだ。お前だってなにも気詰まりな貴族社会に仲間入りしたいわけではないだろう？　エルベルト様のような素晴らしい方のお慈悲を受けて子をもうけ、しかも死ぬまで暮らしに困らない謝礼金まで手に入るなんていいこと尽くしではないか」

クラウゼンの口ぶりがあまりに自分勝手で、ジルダは顔を上げた。クラウゼンはまるでジルダが引き受けるのを疑っていなかったように聞こえる。

「……このことをエルベルト様はご承知なのですか？」

ジルダとてエルベルトのことを詳しく知っているわけではないが、足繁く教会に通い信心深く老人に親切なエルベルトがこのようなことを許すとは思えない。

ジルダの問いにクラウゼンは片眉を上げる。

「このような些末事《さまつごと》でエルベルト様を煩《わずら》わせる必要はない」

些末事。

クラウゼンはエルベルトの将来のこと、ひいてはダヴィア公爵家の行く末について冒瀆したに等しい。

いやしくもエルベルトの侍従ならば、こんなあばら家に来てジルダを説得するよりも、美しく賢い貴公子エルベルトに似合いの令嬢を東奔西走して探すべきだ。

手近なところですませてしまおうと言っているようなクラウゼンの態度は、ジルダに対してではなく、なによりもエルベルトに対して無礼である。

その傲岸な態度に怒りが湧いたジルダは、クラウゼンにきっぱりと否を叩きつけた。

「お断りします。わたしはそのようなことをするつもりでエルベルト様をお慕いしているわけではありません……お帰りください」

ジルダは立ち上がり扉を開けた。

これ以上話していても仕方がないと思ったのだ。

だが、クラウゼンは急に慌てたように椅子から立ち上がる。

「待て、こうして頼んでいる人間に対して失礼だとは思わないのか？」

「わたしは見ての通り平民なので、貴族流の断りかたというものを存じあげません……わたしに失礼があったのなら申し訳ありません」

ジルダは深々と頭を下げる。

それは謝罪と共に『もう帰ってくれ』という意思表示だった。

するとと途端にクラウゼンがジルダの肩を摑んだ。

「きゃ!?」

「頼む！　エルベルト様のためにどうか承知してくれ！　子供を産むのが無理なら……一晩だけでも……女性の素晴らしさを教えてくれるだけでもいいのだ！　あの方に惨《みじ》めな思いをさせたくはない……っ」

後継ぎがいない貴族は親類の中から指名するか、養子を取るのが一般的だという。

しかしそうなれば、一度途切れた血統を復活させることはほぼ不可能だろう。

エルベルトの父親は婿養子で、母親がダヴィアの血を継いでいるらしい。

ゆえにダヴィア公爵は、なんとしてもダヴィアの血筋を残さねばならないと思っているそうだ。

「でもだからといって、エルベルト様が知らぬところで、こんな話……よくありません」

エルベルトにとって手ひどい裏切りだろう。

だがクラウゼンは強く否定する。

「エルベルト様はお前のことを屋敷に招待すると知れば、たいそうお喜びになるだろう。突然のこのような話、お前にとっては戸惑いが大きいかもしれない。だが、頼む……この通りだ！」

そう言うとクラウゼンは、這《は》いつくばるようにして床に額をこすりつける。

それは罪人が命乞いをする姿だった。

「な、なにをなさっているのです？　お立ちください！」

まさかクラウゼンが平民の自分に対してこのように身を投げ出し、屈辱的な頭の下げ方をするとは思わなかったジルダは慌てて膝をついた。

「お前が引き受けてくれるまで頭を上げないからな！　これはダヴィア公爵家において、もっとも大事な案件なのだ、どうか頼む！」

「こ、困ります……！」

ジルダが押しても引いてもクラウゼンは床に這いつくばったまま動こうとしない。

エルベルトのためにと言い続けるクラウゼンに、ジルダはとうとう折れた。

「本当に……、本当に一晩だけでいいのですね……？」

「ああ！　感謝する！」

「それにエルベルト様がわたしのことを拒否されたら、それ以上押しつけるようなことはしないでください」

「承知した！」

クラウゼンは満面の笑みで立ち上がると、ジルダの手を取り何度も感謝した。

そして来週また教会で落ち合い、エルベルトの屋敷に向かう約束をする。

慌ただしくクラウゼンが帰っていくと、ジルダは疲労を感じて椅子に座り、テーブルに突っ伏した。

（どうしよう……）

自分がとんでもないことに加担してしまったことに後ろ暗い気持ちになる。

その一方でエルベルトにまた会えるのを嬉しく思う自分が、ひどく浅ましくて胸が潰れそうだ。

「わたしって、……本当に駄目ね……」

エルベルトのためという免罪符がなければ思い切ることができなかったことが、ひどく情けない。

ジルダは滲んだ涙を袖で乱暴に拭った。

翌週、今度こそ最初で最後だからと奮発して購入したワンピースで教会に出掛けた。

上からマントを羽織ったらどうせ見えないのにと苦笑しながらも、気分が浮き立つのを否定できない。

以前エルベルトを待たせてしまったため、今回はもっと早く家を出た。

だが、教会の前につくと、やはりこの前と同じようにエルベルトが待っていた。

大声で呼びはしなかったが、それでも通りの向こうから歩いてくるジルダをじっと眺めていた。

近くまで来ると、その瞳が嬉しさに満ちているのがわかり、ジルダの頬が熱を持つ。

「……ジルダ、久しぶりだね」

「ご、ご無沙汰しております。この前は失礼しました」

エルベルトから想いを告げられたのに、返事もせず走って逃げたことを謝罪しぎこちなく頭を下げると、エルベルトが悲しげに目を細めた。

「いや、私のほうこそ突然すまなかった。今日会えてよかった」

今日のこの場は、クラウゼンが街で偶然ジルダを見かけてお膳立てをした――ということになっている。

お膳立てには違いないのだが、その真の内容は絶対に口にすることができない。

（……というより、胸がいっぱいでなにも考えられない……っ）

ジルダは視線を上げてエルベルトを盗み見た。

いつもにも増して輝くような絹糸のごとき金の髪に、新芽のような鮮やかな緑の瞳。

派手ではないが一目で上等だとわかる深い青色のフロックコートは、金の髪を引き立てるようにしっとりとした色合いで、エルベルトの優雅な雰囲気によく似合っていた。

（こんな素敵な方の隣に……わたしがいてもいいのかしら……っ）

緊張して浅くなる呼吸で意識が遠のきそうになるのを感じながら、ジルダはギクシャクと動く。教会までの短い距離をエスコートしようとするエルベルトに、ジルダは息も絶え絶えだった。

「段差に気を付けて」

「おっ、恐れ入ります……っ」

そっと腰に当てられた手はいやらしさを感じさせず、しかししっかりとジルダを想っていると誤解を与えるほどに優しかった。

話しかけるときに口を耳に寄せ驚かせないよう囁くように話されると、まるで恋人にでもなったような勘違いに溺《おぼ》れそうだった。

(ああ、エルベルト様……っ)

ジルダの中でエルベルトに対する気持ちが制御できないほどふくれ上がっていた。

胸の鼓動は高鳴り、頭のネジが緩んだようにどこかグラグラとおぼつかない。

そんな状態で祈りを捧げるジルダは、初めてエルベルトと並んで教会の椅子に座った。

正面から見た神を模《も》したという像はいかにも神々しく、背後の色とりどりのガラス窓から降り注ぐ光が美しかった。

(ああ、神様……世の平和を願わずに、己の心の平穏とエルベルト様のことばかりを願ってしまう不埒なわたしをお許しください……)

いつもより長めの祈りを捧げると、再びエルベルトにエスコートされて階段を降りる。

待機していた馬車に乗り込むとエルベルトはジルダの向かい側に座った。

「お茶の準備をしているから屋敷に来てくれるかい？」

「は、……はい」

クラウゼンの話がまだ有効ならお茶ですむわけはないと思いながら、ジルダは小さく頷いた。

基本的に徒歩移動しかしたことがないジルダは、初めて乗る馬車に苦戦した。

優雅な貴族の乗り物と思いきや、馬車は意外と揺れて、ジルダのお尻は悲鳴を上げた。

慣れているせいか、エルベルトは痛がる様子を見せない。

そんなことでエルベルトを煩わせるわけにはいかない。

ジルダは必死に痛みに耐えた。

幸いにもエルベルトの屋敷はそんなに遠くなかった。

すぐに馬車を降りることになったジルダは、お尻の痛みから解放されたことにほっとしたのも束の間、屋敷の前で身体の震えが止まらなかった。

出迎えの使用人がずらりと並んでいたのだ。

(こ、こんなところに……っ、わたしのような者が正面から入っていいの？)

エルベルトの屋敷は想像以上に大きく立派で、ジルダは圧倒されてしまう。

「お、大きなお屋敷ですね……っ」

思わず見たままの感想を述べると、エルベルトがジルダの手を握った。

「王都の屋敷は私が多忙なせいでなにかと行き届かなくてね。ダヴィアの本邸は母自慢の庭が素晴らしいんだ。いつかジルダにダヴィアを案内したいな」

それは両親に紹介したいというエルベルトなりの意思表示だったが、真意がわからずジルダはきょとんとしてしまう。

「いいえ、このお屋敷も十分素敵です！」

「……そうかい？　ありがとう」

馬車から降りるときも当然のようにエルベルトが手を取ってくれる。

恐縮しながらもそれを断るわけにはいかないジルダは緊張しながらエルベルトを見ると、彼は微笑んでくれた。

「お帰りなさいませ」

「ああ、今戻った。こちらはジルダ嬢。私の大切な人だから失礼のないように」

「ひゃう……！　お、お邪魔しますぅ……っ！」

何度も頭を下げて使用人の列の前を通り過ぎたジルダは、逃げ出したい気持ちでいっぱいだった。

(無理……っ、こんな立派なお屋敷にわたしみたいなのが来るなんて無理よ……っ)

きっと使用人も「不釣り合いな人間が来た」と思っているに違いない。

そう思ってこっそり顔を上げると、皆揃いも揃ってニコニコといい笑顔で迎えてくれている。

それに違和感を覚えながらも、どうやら歓迎されているようだと内心安堵する。

エルベルトは柔らかい笑みを浮かべて、ジルダを庭へ案内した。

そこには揃いのお仕着せ姿のメイドが、華やかなティータイムの準備をしてくれていた。

「さあ、ジルダ」

「は、はい……っ」

椅子を引いてもらうことも初めてだったジルダは戸惑いながら腰を下ろし、ティースタンドに載った可愛らしいお菓子の数々に目を奪われた。

「なんて可愛らしいんでしょう！　まるで宝石のようだわ……っ」

「喜んでもらえて嬉しいよ。我が家の料理人は優秀でね」

ジルダが頬を染めて興奮状態でいるのを眩しそうに見つめたエルベルトは、お茶をジルダに勧める。

「このお茶はミルクを入れると美味しいよ。そういえばジルダも菓子を作るんだよね？」

恐る恐るカップに口をつけたところだったジルダは、驚いて吹き出しそうになる。

「んんっ！　そ、そんな……このお菓子に比べたら、わたしが作るものなんてとてもお菓子だなんて言えません……っ」

砂糖も手に入れられず、甘味は蜂蜜だけの素朴なものだ。

それでも平民には貴重品となる。

平民は菓子よりもまずパンを手に入れなければならない。

そして野菜や肉、魚。そこからずっと優先順位が下がって菓子だ。

だが、特別なときに人は菓子を手に入れたくなるものだ。

誰かの誕生日、なにかの記念日、嬉しいことがあったとき悲しいことがあったとき。

喜びを分かち合うため、そして悲しみを慰めるために菓子は必要なのだ。

だからジルダは、売れるか売れないかわからないにもかかわらず菓子を作る。

手に取る人が少しでも明日に希望が持てるように工夫を凝らしているつもりだ。

「……なんて偉そうなこと言っても、木の実を飾ったり形を変えたりしているだけなんですけど」

お恥ずかしいと頬を染めるジルダは、じっと自分を見つめるエルベルトに気付いた。

美しい緑の瞳の奥に熱いものが燃えているような、そんな瞳だ。

「ジルダ。君はどうしてそんなに心映えが美しいのだ」

「え……？」

エルベルトの手が戸惑うジルダのそれに重ねられる。

ジルダよりもずっと大きな手のひらに覆われ握られると、心臓が摑まれてしまったような気持ちになる。

「エッ、エルベルト様……っ」

人がいるのに！　と周囲を見ると、いつの間にか使用人たちの姿が消えていた。

なんてすばやい、なんの音もしなかった！　と驚かされっぱなしだ。

「ジルダ……前にも言ったけれど、改めて言わせてくれ。私は君が好きだ……いや、愛しているんだ」

「ひ……っ」

一度手が解かれ、今度は指が絡められる。

ぎゅっと指の股を刺激されたジルダは手を引こうとするが、エルベルトはそれを許さない。強く握り込んでジルダを見つめる。

「ジルダ、私と結婚してくれないか」

「け……っ、結婚??」

思わず声が上擦ってしまった。

ジルダはクラウゼンの求めに応じて一夜を共にする覚悟を決めたが、まさかエルベルトから結婚を求められるとは思わなかった。

どうしたらいいか迷っているとエルベルトが立ち上がり、ジルダの足元で片膝をついた。

「ジルダ。こんなに人を好きになったのは初めてなんだ。君のことがずっと頭から離れない。お願いだジルダ、承知してくれないか」

ジルダは混乱していた。

こんなつもりではなかった。

ここへは、ただ一度だけエルベルトと閨を共にするためだけに来たというのに。

どうしたらいいかわからないジルダは、忙しなく視線を彷徨《さまよ》わせクラウゼンを探した。

するとエルベルトの死角にあたる茂みに隠れて、必死に何事か伝えようと身ぶり手ぶりをしているクラウゼンを見つけた。

(クラウゼンさん、結婚なんて、わたしどうしたら……っ)

しかし声を発することはできない。

困って眉を下げると、ジルダは弱々しい声を絞《しぼ》り出す。

「あの、でも……わたしは平民ですし……こんな大きなお屋敷にお住まいのエルベルト様とでは身分が違いすぎます……」

すると隠密中のクラウゼンが激しく手と首を振る。

まるで『そうじゃない！』と言っているようだ。

「あぁ、ジルダ。私を受け入れることができないのが身分の問題ならば、私は身分など惜しくはない」

(そ、そういうことですか……っ)

クラウゼンはエルベルトの性格を熟知していて、身分差を問題にすると真面目な彼は身分を捨てかねないと知って、茂みに隠れて合図を送ってくれていたのだ。

（つまり、とりあえずクラウゼン様の言う通りにお返事をすればいいのね……？）

ジルダは気持ちを引き締めてエルベルトと向かい合う。

クラウゼンがエルベルトの死角にいてくれて本当によかった。

「そ、そんなことをおっしゃらないでください……エルベルト様はこの国に必要な御方。身分を捨てるなんてとんでもないことですわ」

これはジルダの本心だ。

一部やっかみのような、エルベルトの品位を貶《おとし》めるような噂はあるが、大抵はどこで聞いてもエルベルトの評判はよく、なぜ結婚していないのかわからないほどだ。

（そうよ、エルベルト様が変態性癖の持ち主だなんて……どこがなのよ！）

ジルダはエルベルトの瞳を見返した。

澄み切った瞳の中に、隠しきれない熱情が感じられる。

ジルダを求めているのだ。

「お願いだジルダ。逢えない間も不安だった。もう君に逢えなかったらどうしようと……ずっと私の側にいてくれないか」

ジルダの手を押し抱くエルベルトから速い鼓動が伝わってきて驚く。

（エルベルト様、こんなに……本当にわたしのことを想ってくださっているの……？）

茂みの向こうでクラウゼンが大きく何度も頷いている。

これは『とりあえず承知しろ！』という合図に違いない。

ジルダはするべきことが自分の気持ちと同じだったことに感謝した。

演技をしなくてもいいのだ。

「エルベルト様……嬉しいです。わたしもエルベルト様をお慕いしておりま……きゃあ！」

最後まで言い切る前にエルベルトが立ち上がりジルダを立たせると、腰をもって持ち上げ縦に抱き上げる。

一気に視線が高くなり、ジルダは慌てた。

幼い頃にもこんなことをされた記憶がないジルダは、どうしていいかわからなくなる。

「ああ、本当に？　本当に私のことを……ジルダ、愛している！」

「きゃああ！　エ、エルベルト様っ、危ないです……降ろして……っ、む、むうぅ！」

驚いて咄嗟にエルベルトの肩に摑まったジルダが言い終わらないうちに、唇がエルベルトのそれで塞がれる。

何度も角度を変えて啄《ついば》まれる口付けは言葉以上に好きだとジルダに伝えてきて、身震いするほどにジルダを歓喜で満たした。

「……っ、エル……ベルト、さま……っ」

「ジルダ……っ」

すぐ近くでエルベルトの吐息混じりの声がする。

美しい顔に色気が増したのを感じたジルダが顔を背けると、エルベルトはその首筋にキスを落とす。

「ひゃ、ぁああ……っ、待って、待ってください……っ」

「なぜ？　これ以上待つなんてできな……」

「エルベルト様！　お部屋にどうぞ！　これ以上はお部屋で……！」

主の甘い行為を目の当たりにして、先に我慢の限界が来たらしいクラウゼンが茂みの影から立ち上がった。

「あぁ、そうするとしよう」

侍従の出歯亀《でばがめ》を気にした様子もなく、エルベルトは腕にジルダを抱えたまま屋敷の中に入った。

「あの、下ろしてください、自分で歩けます……っ」

すれ違う使用人たちの『まあまあ』という微笑ましいものを見るような顔に居た堪《たま》れない。ジルダがエルベルトに懇願《こんがん》するが、当の本人は機嫌よさげに笑うばかり。

「ああ。君のお願いならばなんでも聞いてあげたいけれど、ごめんね、今は無理なんだ」

さらりとそう告げるエルベルトは長い足を駆使し優雅に廊下を歩く。

数歩後から遅れてついてくる靴音はクラウゼンだ。

階段を軽快に上りさらに奥へ進んだところで、クラウゼンが小走りになってエルベルトを追い越す。

とある部屋のドアノブを回すと、両手が塞がっているエルベルトのために扉を大きく開け、入りやすいように押さえると恭《うやうや》しく首を垂《た》れる。

「しばらく人払いを」

「承知いたしました」

頭を下げたまま扉を閉めたクラウゼンは、扉の前で大きく息を吐き胸の前で固く両手を組む。

「どうか、子ができますように……！」


ジルダは目を見開き、口をあんぐり開けたまま放心した。

そしてエルベルトに抱き上げられたまま、部屋を見回す。

「驚いたかい？」

「え、……ええ。エルベルト様、ここは？」

初めて目にする光景に、なんと言ったらいいかわからなくて尋ねると、エルベルトは
「寝室だよ」と簡潔に答えた。

「寝室……エルベルト様はここで毎夜眠っているのですか？」

ジルダは改めて部屋を見回す。

見渡す限り鏡――と、中央にベッド。

それがエルベルトの言う寝室のすべてだった。

どこを見ても鏡の向こうから自分が見つめ返してくるのは、異様な光景だった。

しかも合わせ鏡になっていて、無限に奥行きを感じさせる世界はなにか別のものが顔をのぞかせそうで落ち着くどころかゾッとする。

ジルダの家にも鏡はあるが、これはエルベルトが社交界で噂されているようなナルシストの域を超えているように思う。

「そう。私はここでしか眠れないんだ」

エルベルトはジルダを腕から降ろすとベッドに座らせた。

戸惑うジルダに、彼はゆっくりと告げる。

「悪魔は鏡に映らないからね」

「……っ」

ジルダはぎくりと身を強張《こわば》らせた。

自分が淫魔の血を引くことがバレてしまったのだと思ったのだ。

しかしそうではなかった。

エルベルトは淡々と説明する。

「私は悪魔が恐ろしい。二度と会いたくないんだ。悪魔は鏡に映らないから、正体を見破られたくなくて鏡を嫌うという。だから悪魔はここに入って来られない」

「……悪魔に、会ったことが？」

誰でも悪魔には会いたくないだろうが、エルベルトのそれはいやに実感が籠《こも》っていた。

「……ああ。恐ろしい悪魔に会ったことがある」

エルベルトがあまりに苦しそうな顔をしたので、ジルダは膝に置かれた彼の手をそっと握った。

「わ、わたしのことは……怖くないですか？」

遠回しに自分が淫魔であることを告白したジルダだったが、エルベルトは違うように捉えたようだ。

口角を上げてジルダの手をもう片方の手で包み込む。

「なぜそんなことを？　ジルダのことは怖くないよ……可愛くてたまらない」

そう言って顔を寄せたエルベルトが口付けを仕掛けた。

ジルダはそれに応じ瞼を閉じる。

さきほどは人目があるために戸惑ったが、エルベルトと唇を合わせるのは嫌ではない。

むしろ心躍る行為だった。

（エルベルト様……っ）

唇が触れ合うと身体がぴくりと反応する。

エルベルトは優しくジルダの肩を抱き、情熱的に彼女を求めた。

啄むように唇を合わせたかと思うと、深く重ね、甘く唇を食んで反応を確かめる。

驚いたジルダが口を開けると、隙間から舌が入り込んできた。

「ん、んむ……っ」

思わず声を上げたジルダだったが、すぐに舌を絡めとられてしまう。

こんな深い口付けはしたことがなかった。

いや、口付け自体、頬や額にする家族間の挨拶以外は初めてだった。

(こ、こんなに……激しいものなの？)

ジルダとて男女の交わりでは挨拶以上のキスをすることは承知している。

しかし知っているのと実際にするのとには、天と地ほどの隔たりがあった。

歯列をなぞり、口内を余すところなく舐《ねぶ》られると身体が戦慄《わなな》いた。

「ん……っ」

エルベルトの胸に添わせていた手を握ると、ジルダがいっぱいいっぱいになっているのがわかったのか、そっと口付けが解かれた。

荒い息をつくジルダの頬にエルベルトがキスをした。

「びっくりさせてしまった？　すまない、ジルダがあまりに可愛らしくて止められなかった」

ごめんね？　と小首を傾げたエルベルトに逆らえる人間などいるはずがない。

ジルダがコクコクと頷いて許すと、エルベルトは彼女の細い肩を抱いた。

「ありがとう……今更だけれどジルダ。私は口付けよりももっと先へ進みたいのだが、許してくれるかい？」

ジルダはまたしても驚いた。

こんなことに同意を得るものだとは知らなかったのだ。

淫魔の祖母から聞いた淫魔の作法は、《魅了》して男がぼーっとなったところで適宜《てきぎ》精気を頂戴《ちょうだい》してとんずらするというもので、同意もなにもあったものではない。

それは強盗に等しく、いわば違法行為だ。

街に親しい友人がいないジルダの主な情報源――人の会話を立ち聞きして仕入れた知識では、いい雰囲気になったら男性が押し倒してくる。

いいならそのまま最後までして、嫌なら股座《またぐら》を蹴飛ばして逃げろ、というものだ。

エルベルトの態度はどれにも当てはまらないもので、ジルダは困惑した。

（どうしよう……頼みの綱のクラウゼン様もいないし……流れに身を任せるしか）

もとよりここへはクラウゼンからの求めに応じて、一度だけエルベルトと情を交わすために来ている。

他の選択肢がない以上、ここまで来てそれを反故にすることなどできない。

ジルダは意を決して顔を上げた。

「はい……、わたしもエルベルト様と……先に進みたいです」

一番緊張したのは、マントを脱ぐときだった。

これまで人と接する限り、マントは必要なのだと思っていたジルダの手は震えた。

一番隠さなければいけない顔はすでにエルベルトの前に晒されているため、そう緊張しなくてもよさそうなものだったが、気持ちの上でもマントは大きな障壁となってくれていたらしい。

ええい、ままよ！　と紐を引きマントを脱ぎ捨てると、おろしたてのワンピースが姿を現す。

「ジルダ、なんて可愛らしいんだ……」

ここへ来るためにめかし込んだと知られてしまったことが恥ずかしくて、俯いて顔を両手で覆うと、手の甲にエルベルトの唇を感じる。

「君はとても照れ屋なのかな？　褒《ほ》められ慣れていない？　どちらにせよ愛《いと》しさが募るばかりだが……」

エルベルトはどこまでも甘かった。

口付けでジルダを蕩《とろ》かせながら徐々に服を脱がせていく。

ワンピースを頭から引き抜いて脱がせると、中から現れた下着姿を食い入るように見つめる。

「……ジルダ、もしかしてそれは……私のために？」

ジルダは下着も新調していた。

白を基調にした布地に小花模様の刺繍《ししゅう》がされた胸当てと、揃いの刺繍を施したドロワーズ。

繊細《せんさい》なレースに縁どられ少しでも魅力的に見えるようにと、街で恥ずかしい思いをしながら購入したものだ。

洋品店の女性はジルダの魅惑的な肢体に合うように、もっと大胆なものを勧めてきたが、ジルダはエルベルトに可愛いと思ってほしかった。

似合わないかもしれないが、それがジルダの希望だった。

「お、おかしいですか……？」

顔を上げればエルベルトと目が合い、恥ずかしくて視線を逸らすと壁一面に映った自分と目が合う。

人前にこんなあられもない姿を晒すことがあろうとは思いもよらなかったジルダは、羞《しゅう》恥《ち》で顔から火を噴きそうになっていた。

（どうしよう、どうしよう……！　やっぱり似合わなかったんだ……！）

ベッドの上で身を竦めたジルダの肩に、エルベルトがそっと触れた。

「すまない、なんと言ったらいいんだろう。この気持ちを正確に表す言葉が見つからないよ……ジルダ、本当に素敵だ——触れてもいい？」

エルベルトの声が僅かに上擦って震えたように感じたジルダは、ゆっくりと頷いた。エルベルトはそっと手を滑らせて胸当ての上からジルダの胸に触れる。

「……っん！」

思わず声を漏らしたジルダに反応したのか、エルベルトは強く胸を揉み込む。

手のひらが熱い。

ジルダが顔を上げると、優しさの中にも瞳に雄《おす》を宿したエルベルトが眉間にしわを寄せてなにかに耐えていた。

「エルベルト様……？」

なにがつらいのだろうと滑らかなエルベルトの頬に触れると、彼はぎゅっと瞼を閉じた。

「自分の中の衝動が激しすぎて、君を壊してしまいそうで怖いんだ……ジルダ、もっと君に触れたい……っ」

とても愛しい。

ジルダの中に激しい衝動が沸《わ》き起こり、出口を求めて暴れ出す。

エルベルトの首に腕を回して自分から口付けると、性急に舌を差し込む。

　さきほどエルベルトがしたことをそのままトレースすると、エルベルトがそれに応じて舌を絡めてきた。

　すり合わせ吸いつき、甘く歯を立てて。

　だが衝動は治まるどころかより激しくジルダの中で暴れまわる。

「エルベルト様……っ」

　理由のわからない涙が、我慢するよりも先に目からあふれ頬を伝っていく。

「好き……っ、わたし……エルベルト様が好きです……っ」

　ぎゅう、と抱きつくと互いの胸が触れて鼓動が重なる。

　どちらも早鐘を打つようなそれは、もっと先を求めていると知れた。

「ジルダ……っ」

　貪《むさぼ》るような口付けのあと、エルベルトは時間を惜しむように服を脱ぎ捨てた。

　シャツのボタンは数個弾け飛んだに違いないと思うほどに乱暴だった。

　そのとき、シャツの下から細い鎖に通したものがエルベルトからこぼれ落ちる。

　鎖がよれてくるくると回るそれは、片側が丸く灯りを反射している。

（手鏡……？）

　もしかして悪魔を見つけるためのものかと思ったのも束の間、エルベルトはそれを煩わしげに首から外すとベッドの隅に放《ほう》る。

（ええ？　大事なモノじゃないの？）

「ジルダ……っ」

エルベルトの息が荒い。

ジルダを見つめる視線がねっとりと粘度を増している気がする。

ドキドキと高鳴る胸はもはや苦しいほどだ。

「エルベルト様……」

どうしたらいいのかわからずにエルベルトを見上げると、引き寄せられて膝に乗せられてしまう。

より体温を感じたくなった二人は、荒い息で抱き締め合う。

薄い下腹部にエルベルトの熱い昂《たかぶ》りが当たると、ジルダは頭が煮えるような羞恥を感じながらも悦《よろこ》び、腰をくねらせた。

「はぁ……っ、エルベルト様……っ」

ズクンズクンと脈打ちながらエルベルトを求めて疼《うず》く蜜洞は、すでにはしたないほどに蜜を滴らせていた。

ジルダは恥ずかしがりながらも、この行為自体を間違っているとは思わなかった。

それはひとえにエルベルトの同じような昂りに触れていたからだ。

（ああ、言葉にしなくてもエルベルト様と同じ気持ちだとわかる……もし、ひとつになっ

てしまったらいったいどうなってしまうのかしら……っ）

きっとドロドロに溶けあって、二人の境界が曖昧になってしまうに違いない。

早くそんな瞬間を味わいたい。ジルダの気持ちは急く。

「エルベルト様……」

名前を呼ぶたびに唇が重なる。

胸当てがずらされ、直に乳房に触れられると背が弓なりになる。

それは図らずももっと触ってほしいと言っているように、エルベルトの手のひらに押しつける格好になってしまう。

「ジルダ。君は清楚で可愛らしいのに、身体は熟《う》れていて男を狂わせる。このアンバランスがたまらない……」

童顔のわりに胸が大きいことを揶揄《やゆ》されたのかと思ったジルダが、恥ずかしさから手で胸を隠そうとした。

それをすばやく察知したらしいエルベルトは、彼女の両手を頭の上にまとめて戒めた。

「ひ、あん！」

どさりと背中からベッドに倒れ込んだジルダの胸がふるりと揺れた。

それを見たエルベルトは唇を舌で舐めて濡らすと、赤く立ち上がった乳嘴《にゅうし》に舌を這わせる。

「あっ、ああ……っ、そんなところ……舐めたらぁ……っ」

「でも赤くなっていかにも舐めてほしそうに立ち上がっていたから……いや？」

舌で乳嘴が舐《ねぶ》られているところを見せつけるように上目遣いになったエルベルトに、ジルダは緩く首を振る。

「いやじゃないです……でも、恥ずかしいから……っ」

真っ赤な顔でいやいやと首を振るジルダを見て、エルベルトの喉仏が大きく動いた。

「……っ、すまない。君があまりにも素敵で可愛いから、歯止めが利《き》かなくなってしまった」

エルベルトはすぐに両手の戒めを解いてジルダに口付けの雨を降らせる。

顔中にされたキスに、ジルダはくすぐったくて笑いがこらえられない。

「ふ、ふふ……っ、エルベルト様くすぐったい……っ、もうやめ……っ、ふ、あ！」

あやすように落とされた口付けは首筋を這い、いつしか深い官能をジルダに与え始めていた。

燃えているかのような熱い吐息、甘く熟《う》れていく身体とどう折り合いをつけたらいいのか、ジルダはわからないままエルベルトに縋った。

エルベルトは花のようにいい香りがする。

おそらく貴族がよく使うという高級な石鹸の香りだろう。

胸いっぱいに吸い込むと、まるで花畑にでもいるような心地になる。

「エルベルト様、いい香り……好き」

もはやエルベルトを構成するものすべてが好意の対象となってしまった。

ジルダは頭の悪いことを言っているとどこかで自覚しながら、それでも止められない。

(今日しかないのだから……たくさん好きって伝えよう)

そんなジルダの気持ちを知らないエルベルトは、はにかむような顔をしてジルダの胸に吸いつく。

「そんなことを正面切って言われたのは初めてだな……少し照れるね。でも」

エルベルトはジルダの胸の谷間に顔を埋《うず》めて大きく息を吸う。

「君もいい香りがしているよ？　草原のような爽《さわ》やかな香りと……濃い女の匂いがする」

視線だけを上げたエルベルトと目が合ったジルダは身体中がぞわわ、と鳥肌が立つ。

それはこれから二人の行為がより親密に、深くなっていくという合図だった。


「は、ぁああ……っ」

感情をどこに持っていったらいいかわからずに、ジルダは身体をくねらせた。

下着もすべて取り払い生まれたままの姿になったジルダは自らの股座に陣取り、指で蜜路を攻めて卑猥な音を立てているエルベルトを薄目で見た。

美しいエルベルトもジルダと同じように裸になっている。

見た目よりもずっと鍛えられ引き締まった身体は、まるで美の神に愛されたように神々しい。

（エルベルト様が……わたしを……っ）

彼の指は長く優雅だったが、思いのほか太く感じた。

エルベルトは「それはジルダのここが狭いからだよ」と笑っているが、ジルダにとっては笑い事ではない。

指よりも太いものをそこに咥《くわ》え込まなければいけないからだ。

（普通は指二本くらいあれば、って聞いたけれど……っ、あの指が二本も?? 本当なの？）

瞬《また》きをして涙を散らしながらエルベルトを見る。

彼の下腹部に見え隠れする、赤黒く立ち上がる陽物はとても指二本で足りるとは思えない質量を感じさせた。

「なにを考えているの？」

「ひう！」

中を解していた指が強めに蜜壁をこすりあげる。

途端に身体が跳ね、指をキュウと締めつけた。

「あ、ああ……っ、エルベルト様っ」

指の動きが激しくなる。

圧迫感が増し、奥から入り口までを激しくすり上げる動きに腰の戦慄きが止まらない。

意味をなさない声が口から漏れ出てしまうまま、ジルダはエルベルトの名を呼んだ。

「エル、ベルト様……っ、エルベルト……っ」

「……なんだい、ジルダ？」

蜜を掻《か》き回すような動きをしながらも、エルベルトの口調は優しい。

そんなことにも胸をときめかせながら、ジルダは快楽の隙間を突いて口を開く。

「エルベルト様の……っ、こと……考えて……ん、あぁ……っ、だって、……大きくて……っ、ひん！」

狭いそこにエルベルトの立ち上がったものが、本当に入るのか不安に思う気持ちを見透かされたと思ったジルダだったが、その考えは間違っていた。

エルベルトは苦しげに眉間にしわを寄せながら、一度指を抜いて再び挿入し、何度か突き入れたあと指をバラバラに動かす。

「は、ああ……っ？」

予想もしていなかった動きに甲高い声が上がる。

さきほどよりも異物感が増し、性急な動きに瞼の裏で火花が散る。

「大きくてもちゃんと入るよ。でも君に無理はさせたくないから我慢している……本当はもう今すぐにでも入れたいんだ……」

エルベルトの声に焦りのようなものが混じるのを、ジルダは肌で感じていた。

それはエルベルトとこの切なさを共有しているような、不思議な感覚だった。

胸の底が焦げつくようなじれったさと、意識が飛んでいきそうになるほどの高揚感がジルダを混乱させている。

（もう、エルベルト様が好きだということしかわからない……っ）

快感を逃がすように顎を反らしたジルダは、不意に目に入ったなんの変哲もない天井に、なぜか驚いた。

どうして驚いたのか、その違和感を探ったジルダは『普通の天井』だからだと気付く。

（天井には鏡が張られていないのね）

ジルダはようやくこの『鏡の間』で安堵できるところを見つけた。

だがそれも束の間、すぐにエルベルトの指がジルダの弱いところを見つけてすり上げてくる。

「あう、は……あっ」

身体の中が全部エルベルトの想いで満たされたような感覚を得たジルダは、意識していなくてもエルベルトの指を締めつけてしまう。

「エルベルト様……っ、好き……」

「ジルダ……っ」

切羽詰まったようなエルベルトは中を解していた指を引き抜くと、ジルダの腰を強く摑む。あわいに熱く固いものが宛がわれ、蜜襞がヒクリと震えた。

「エルベルト……さま……っ」

「ジルダ……君とひとつになりたい。もっと近くに感じたい……っ」

蜜をまとわせてこすりつけられると、ジルダの腰が期待に戦慄く。

「あ、わたし……わたしも……っ、エルベルト様とひとつになりたい……っ」

言葉にすると、金瞳《きんどう》の視界が涙で滲んだ。

自分が淫魔の血を引いているとか、平民とか貧乏とかいう悩みが一切浮かばなかった。

ただ、ひたすらにエルベルトが愛しかった。

「……っ、ジルダ……っ」

怒張が蜜襞を捲《めく》るように侵入してくると、ジルダはその質量の大きさに息を呑《の》んだ。予想以上の圧迫感に息ができない。

(ゆ、指が何本束になってもこんなの……っ、大きすぎる……っ)

「い、いや……っ」

瞼を強く閉じて痛みに耐えるジルダの頬を、幾筋も涙が伝った。

ミリミリと身体を押し拓《ひら》こうとしているものがエルベルトだと知っていても、身体がそれを押し戻そうとしてしまう。

それほどの痛みだった。

「ジルダ、すまない……痛いだろう……っ」

大きく張り出したかさの部分がぎちぎちと締められて痛みを伴うのか、エルベルトが低く呻いた。

その声には痛みや我慢の他に、確かに快楽が混じっているのを感じ取ったジルダの胸がキュンと高鳴った。

(エルベルト様が気持ちよくなってくださっている……っ、う、嬉しい……っ)

自分も痛みを越えた先の景色が見たくて、ジルダは大きく開いていた脚をエルベルトの腰に絡めた。

「ジ、ジルダ……？」

「ふ、ぁあ……っ、エルベルト様……っ、指でしてくれたところ……よりっ、もっと先のほうに……っ、欲しい……っ」

「……っ」

言った途端に、グンと中の圧迫が強まる。

あ、と思った次の瞬間、エルベルトの雄根がジルダを奥まで貫いた。

「は、……っ」

あまりの衝撃に、中がエルベルトをギチリと食い締めたのがわかった。

痛みよりも驚きのほうが大きく、ジルダを支配している。

（や、……っ、痛いけど……っ）

無理に押し拓かれた隘路《あいろ》に、隙間なく埋まったエルベルトの肉棒がドクドクと脈動するのがわかった。

（嬉しい……っ、わたしの中にエルベルト様が……）

涙で前が見えないジルダは、胸がいっぱいになって声を詰まらせる。

喜びを伝えたくても今口を開いたら泣き声になってしまうことを悟り、エルベルトの腰に絡ませた脚に力を入れた。

「……っ、ジルダ……」

それにすぐさま反応したエルベルトは、俯いていた顔を上げる。

額に汗を浮かべた彼は、ほんの少し非難の混じる視線をジルダに向けた。

「え、あの……、エルベルト様？」

まさか気分を害してしまったのかと及び腰になるジルダが身動ぎすると、エルベルトがまた声を詰まらせる。

「っ、……ジルダ。君はもしかしたら魔性の女なのかな？」

「えっ？」

まさか挿入しただけで淫魔の血を引くとわかってしまうのか？　と身体を強張らせたジルダだったが、エルベルトが小さく呻いた。

「君がつらくないようにと細心の注意を払っているつもりなのだが……こうも煽《あお》られては我慢が利《き》かない……っ」

奥歯を噛みしめていると思われるエルベルトの低い声に、迂闊《うかつ》にもときめいてしまったジルダは、またしても中のエルベルトを締めつけてしまう。

「うっ……、ジルダ……」

「だって、今のはエルベルト様がわたしをときめかせるようなことを言うから……っ」

言っている傍から、キュンキュンと蜜洞が収縮してエルベルトを刺激する。

それはあたかもエルベルトをこの先の行為へと誘うようだった。

「……つらくはないか、ジルダ」

ふうう、と長く息を吐いたエルベルトがそう尋ねる。

言われてみれば会話に意識が引っ張られたせいか、当初感じていた強い痛みは遠くなったように感じる。

痛くないわけではないが、我慢できないほどではない。

そう正直に伝えると、エルベルトは眉間のしわを深くし、しかし口角を上げた。

そうすると優雅な彼の中に雄の顔が浮かび上がるようで、ジルダはさらに胸が高鳴った。

「じゃあ、少しずつ動くから……覚悟して？」

「か、……覚悟？」

まさか、ボロボロになるまで犯《おか》される覚悟なのかと生唾《なまつば》を呑んだジルダだったが、そうではなかった。

「そう……私に愛され尽くす覚悟を」

そのときの壮絶《そうぜつ》なまでの笑顔を、ジルダは一生涯忘れないだろう。

優しさと激しさは共存するのだと納得するような、あまりの美しさにポーっとしたところを、ゆっくりとエルベルトの腰がゆるゆると引かれ、また奥を突く。

緩慢なようだが確実に快楽のツボを押してくるエルベルトに、ジルダは翻弄《ほんろう》される。

「あ……っ、やぁ……っ！　エルベルト様……っ」

すぐに痛みなどという感覚は消し飛び、受け止めきれない快楽の波が押し寄せてくる。

「ジルダ……、ああ、たまらない……っ」

徐々にエルベルトの律動が速く深くなっていく。

それは痛みや我慢を強《し》いるものでは決してなく、ジルダは深い官能に思考が蕩けていくように感じていた。

「あ、あ、……っひぁん！　エル……、エルベル、ト……っ、んむ、ん、んあぁ！」

唇を塞がれ、吐息を感じ時折漏れるエルベルトの呻き声に身体の芯をゾクゾクと震わせ

たジルダは、忘我の中でこれが淫魔を虜《とりこ》にする精気かと理解した。

確かにこの行為はよくわからない無敵感を増幅させる。

多幸感で宙に浮くような感覚は、なんでもできる気がしてしまう。特に肌を合わせることで相手の気持ちが伝わるようで、境界がなくなっていくようだった。

(気持ちいい……っ、中も外も、全部……っ)

奥を突かれるたびに生理的な涙があふれるが、そのたびに目ざといエルベルトが目尻に口付けて涙を舐めとった。

それが合図のように何度も口付けを交わした。

中を突く角度が変わって、ジルダは息を吞み、エルベルトを締めつける。

そのうちに蓄積した熱が腰に溜まり、じわじわとジルダを追い詰め始めた。

「……っあ、エルベルト様……っ、や、なにか来ちゃう……っ」

初めての感覚をどう表現したらいいかわからず、不安そうにエルベルトに縋りつくと、彼は息を乱しながらジルダの頬に口付ける。

「ああ、私もそろそろ果てそうだ……っ、ジルダ、君の中で……っ」

耳に直接吹き込まれるように囁かれ、腹側の弱いところを突き上げられたジルダが消え入りそうな嬌声《きょうせい》を上げ極まった。

ぎゅうう、と強く収縮した蜜洞がエルベルトを食い締めると低く呻いたエルベルトが滾《たぎ》る飛沫《しぶき》を中で放った。

「く、……っあ……！」

「あ、……っ、あぁ……！」

胎内《たいない》で弾けた脈動と腹を満たす白濁を感じて、ジルダはビクビクと戦慄き、ぐったりとベッドに身体を沈ませた。

初めての経験は目まぐるしく、そして忙しなくジルダを消耗させた。

荒い息をつくことしかできないジルダの胸に額をつけたエルベルトが、ようやく身体を起こし、彼女を見た。

その視線は蕩けるように甘かったが、息も絶え絶えのジルダは知る由もない。

聞こえてはいるが、とてもではないが問いかけに応えられない。そんなジルダを、エルベルトは愛しそうに見つめる。

「ジルダ、大丈夫かい？」

「このまま抜かずにいたいけれど……初めてでそれは酷《こく》だよね」

優しさが感じられる声音《こわね》なのに、言っていることは恐ろしい。

(初めてでなければ……ということ？　え、それは普通のこと？)

血の気が下がるのを感じたジルダは思わず身構えたのとエルベルトが雄芯を蜜洞から引き抜いたのは、ほぼ同時だった。

途端に白濁がゴポリとあふれだし、その感触にジルダが身震いした。

「んんっ！」

自分の意志ではどうにもできないとろとろとしたものをなんとかしようと上体を起こしたジルダは、その様子をじっと見つめるエルベルトの姿にぎょっとする。

「エ、エルベルト様、見ないでください……っ」

羞恥のあまり両手で下腹部を隠し身体を縮めたジルダに対して、エルベルトは毛布で身体を隠してあげながら至極真面目な顔で呟く。

「やはり漏れ出てこないように、しばらく栓《せん》をしておくべきだったか……？」

毛布で身体の前面を覆いながら栓、と言われそれがなにか考えてしまったジルダは瞬時に顔を赤くする。

それを幸せそうに見つめるエルベルトは、ふと視線を外す。

その先には壁一面に張り巡らされた鏡が。

そこには胸を大きく上下させて息を整えようとするジルダが映っていた。

「……よかった、ちゃんと映っている」

ジルダのことで頭がいっぱいだったエルベルトは最大の目的である、『ジルダが悪魔ではないことを確認する』ことをすっかり失念していたようだ。

本来であれば、鏡の間に驚いているジルダをじっくり観察して悪魔かそうでないか見極めるつもりだったのに。

（いつもはそうしているのに……できなかった）

お守りである手鏡も、ジルダと抱き合うのに邪魔だとしか思わず、手放すことを躊躇いもしなかった。

自分の想いが思ったよりも深いことを自覚したエルベルトは再び鏡に視線を送る。

ジルダと向かい合っていると絶対に見ることのできない無防備な背中が見えて、背筋がゾクリとするのを感じた。

（鏡の間は魔除けとしての意味合いが強かったが、別の視点から見ると非常によいものなのでは……？）

しかも見えていないと思っているためか、ジルダのまろい臀部《でんぶ》がもじもじと恥じらう姿が見えて非常にそそることこの上ない。

「え……？」

そこでようやくエルベルトの呟きを拾い上げたジルダが彼の視線を辿《たど》り、引き攣った悲鳴を上げた。

「ひゃあああ!?　映ってる……っ！」

慌てて毛布で全身を包むようにしたジルダは、今度はエルベルトも全裸であることに気付いてあわあわとし始める。

　この反応を見て、エルベルトは笑みを深くする。

　ジルダも異様な鏡の間が気にならないほど行為に……ひいてはエルベルトに没頭してくれていたことが知ったのだ。

「ああ、ジルダ……本当に、心から好きだよ」

「あのエルベルト様、とりあえず服を着ませんかっ？」

　部屋のどこを向いてもエルベルトの鍛えられた美しい身体が見えてしまう状況に、ジルダはとうとう目をつぶってしまう。

　頬を、いや首から上をまんべんなく赤くして瞼を閉じたジルダはまるで口付けをねだっているように見えた。

　エルベルトはそのサクランボのような唇に自らのそれを重ねた。

「ん、んんっ？」

「ジルダ……そんな可愛いことをされたら、私も我慢ができないよ？」

　そう言って笑うと、エルベルトはジルダの華奢な肩を押した。

　ベッドに逆戻りしたジルダの頭が疑問符で埋め尽くされる中、エルベルトは蠱惑的《こわくてき》な笑みを浮かべた。

　それからエルベルトはジルダを一時も離そうとはせず、まるで蜜に漬けるようにジルダを愛した。

　食事も部屋に運ばせ、入浴も鏡張りの浴室で自らが手伝い、ジルダを大いに恥ずかしがらせた。

　なかでも性交の際にわざと結合部を見せつけるような交わり方を好み、ジルダの精神的疲労はピークに達していた。

　エルベルトはジルダを四つん這いにさせ、そのまま後ろから貫こうとしたのだ。

「あ、の……っ、エルベルト様！　この体勢はちょっと……っ」

「恥ずかしい？」

　うっとりとそう尋ねるエルベルトに激しく首肯《しゅこう》したジルダはすでに半泣きになっている。

　初めての交わりのときに天井に鏡が張られていないことに気付いたジルダは、正常位で交わるなら大丈夫そうだとなんとか自分を納得させたのだ。

　だがこの獣のような体勢では、天井を見ることができない。常にエルベルトに突かれて感じ入っている自分の顔と正対しなければいけない。

　事前にエルベルトを《魅了》してしまわないように目隠しをしたり後ろ向きでしたりと考えていたジルダだったが、それが実行不可能なことに早々に気付いていた。

（そんなことを、自分から言い出すなんて……できるわけがないわ！）

　こうしてエルベルトから求められてもこんなに恥ずかしいのだ。

わざわざ自分から後ろから貫いてと頼むことも、ましてや目隠しをしたいと言うこともできそうにない。

それでもジルダはエルベルトを拒否することができない。

今でさえ羞恥心で爆発しそうになっているというのに、このまま後ろから貫かれたらどうなってしまうのかと考えただけで、蜜洞がキュウキュウと鳴いて蜜をこぼす。

淫《みだ》らなことばかりを考えてしまう自分が嫌になり、考えを追い出そうと頭を振ったジルダはうっかり壁に張り巡らされた鏡の中の自分と目があってしまう。

(なんて……、なんてひどい……っ)

エルベルトと交わっている間中、自分のだらしなく緩んだ顔を常に突きつけられてしまうという事実はジルダにとって耐えがたい責め苦だ。

「恥ずかしいです……っ」

首を振って嫌だと主張するが、エルベルトの大きな手のひらで尻肉をわしづかみにされるとおかしな声を上げてしまう。

「ひぃん！」

乱暴ではないが、強い力で揉み込まれると、尻肉と一緒に秘裂が刺激され蜜が滴ってしまう。

尻を掴まれて感じていると知られたくない一心で、ジルダは尻に力を入れて快感をやりすごそうとする。

「ジルダ、そんなに力を入れては気持ちよくならないよ？　君を気持ちよくさせたいのに」

ぐにぐにと尻肉を摑みながら、エルベルトは昂った雄根をジルダの尻の狭間にこすりつける。

「あ、はうぅ……っ！」

自分の尻よりも熱く張りのあるものがゆっくりと動くたび、ジルダの背筋を感じたことのないぞわぞわした快感が駆け上っていく。

「ジルダ……君をもっと気持ちよくしてあげたいんだ」

後ろから降ってくる声に思わず顔を上げたジルダは、正面の鏡に映った自分の淫らな姿と、それを見下ろすエルベルトを見てしまう。

エルベルトはジルダの背中あたりを見ているらしく、鏡越しにも視線は交わらない。しかし自分の見ていないところで、あんなにも熱っぽい視線で自分を見ているのだと知ったジルダは蜜洞がキュンと反応してしまった。

身体を触れさせているエルベルトには、それが如実にわかったのだろう。嬉しそうに口角を上げると一度腰を引き、滾る雄芯をジルダの秘裂に添わせる。

「はっ、あぁ……っ？」

先端から竿までを、くまなく蜜をまとわせるようにじっくりと触れさせる。

「あぁジルダのここは、こんなにも熱くて柔らかくて……私をすぐにでも受け入れてくれそうに潤んでいるね……」

ぐちゅりと淫らな水音が耳に届き、ジルダは顔を赤くする。

挿入されていないのに、襞《ひだ》を擦られているだけで極まってしまいそうに気持ちがいい。

「い、あ……っ、エルベルト、様……っ、ひ！」

エルベルトの先端がジルダの秘裂の先の蕾《つぼみ》に触れた。背骨を激しい快楽が駆け抜け、ジルダは弓なりに身体を反らす。

「ここが……気持ちいい？」

エルベルトは蜜洞の奥を突くように蕾をトントンと突き、器用にぐりぐりと押し潰す。

「んん、んぅーーーっ！」

身体を戦慄かせて快感に耐えるジルダは、そのつもりがなくともエルベルトの熱情を著しく刺激する。

エルベルトは唇をひくつかせたあと、しきりに舐めて気を紛《まぎ》らわせている。

「ジルダ、可愛い……本当に君はどれだけ私を惑《まど》わせるのだ」

「そんな、こと……っ、してません……っ」

いわれなき恨み言に必死に抗議しながら、ジルダは腕で自分の身体を支えきれなくなり、腰を上げたまま顔をシーツに埋める。

「あっ、はうぅ……」

あわいを濡らす淫水が太ももを伝い垂れていくのを感じながら、ジルダは自分がどんな恥ずかしい格好をしているのか知りつつ、どうにもできずに荒い呼吸を繰り返す。

このまま貫かれても、止められてもつらいのは一緒だ。

「……エ、エルベルト様」

ここで名を呼べば、エルベルトがどのように解釈するかわからないジルダではない。

だるい首を動かしちらりと視線を鏡に向ければ、あられもない自分と、それを食い入るように見つめているエルベルトが見えた。

「ジルダ、君の中に入りたい……、今すぐに……っ」

(……来ちゃう、絶対にエルベルト様、来ちゃう……)

もう体力が尽きようとしているのに、このままエルベルトを迎え入れてはまた気絶してしまうに違いない。

しかしエルベルトに求められれば、彼への想いゆえに拒否することができない。

ジルダは困惑と混乱のまま震える手をあわいに伸ばし、はしたなく蜜を垂らすそこを指で押し拓く。

ごくり、と唾を嚥下《えんげ》する微かな音が聞こえたかと思うと、猛りきった剛直がジルダの陰路を侵す。

額の裏側で白い火花が散り、視界が白く滲むと、ジルダの意識は大きな快楽の波に飲まれていった。


そんなことが三日三晩続いた翌朝、クラウゼンが「そろそろお仕事が……」と控えめに声をかけてきた。

ジルダにはそれが天使の祝福に聞こえた。

だがエルベルトはそれを冷たく切って捨てる。

「……都合がつかない」

「いいえ、都合をつけてください。王城からの召喚があって、すでに二日経《た》ちました。さすがに今日は登城していただかないと」

三日の間ジルダを抱き続け、少し気持ちが落ち着いたらしいエルベルトは嫌な顔をしながらもさすがに少しまずいと思い始めたようだ。

眉をひそめて無言で考えを巡らせている。

毛布で身体を隠しながらその背中を見つめていたジルダは、クラウゼンが必死にアイコンタクトをしてきていることに気付いた。

どうやら援護しろと訴えているような雰囲気を感じたジルダは、不自然にならないよう

気を付けながらエルベルトに声をかける。

「エ、エルベルト様……。お仕事はしなくてはいけません。わたしは責任を投げ出さないエルベルト様が……素敵、だと思います……」

肩越しに顔を合わせたエルベルトを上目遣いに見たジルダは眉を下げて微笑む。

余計な口出しをして怒られるかもしれないと思っていたが、エルベルトは感動したように両手を広げて毛布にくるまったジルダを抱き締めた。

「ジルダ！　君はなんて素晴らしい女性なんだ……！　君さえいればいいと排他的に考えていた自分が恥ずかしい……！」

仕事をする気になったらしいエルベルトはいそいそと着替えた。しかしその間に何度もジルダを抱き締めキスをして愛していると囁く。

「あの、エルベルト様……クラウゼン様がお待ちです……よ？」

「ああ、ジルダ。君と離れるのがこんなにつらいなんて！　すぐに仕事を片付けて帰ってくるから、それまで屋敷でゆっくりしていてほしい。愛している、帰ってきたらまた続きをしよう」

玄関まで見送りに来たジルダの世話をクラウゼンに言いつけて、エルベルトは別の侍従を連れて馬車で王城へ向かった。

馬車が見えなくなると、クラウゼンが冷たい表情になり顎をしゃくりジルダについてくるように言う。

それを見たジルダは、幸せな時間が終わったのだと理解した。所詮淫魔の血を引くジルダは、普通の幸せを手に入れられるわけはないのだと思い知らされる。

「三日三晩は予想外だったが、まああれだけまぐわえば子ができるかもな」

「……」

クラウゼンの言葉には鋭い棘が含まれていた。

ぐさぐさとジルダの心の柔らかいところを串刺《くしざ》しにしたクラウゼンは、テーブルの上に大きな袋を載せた。

じゃら、と重い音がするそれは中に金貨が入っている。

「これが約束した金だ。平民なら一生困らないだけあるだろう」

「……多すぎます……」

こんな大金を見たことがないジルダが尻込みをすると、クラウゼンは胸の前で腕を組んで息を吐く。

「口止め料も入っている。もし約束を違えたら、地の果てまで追いかけてひどい目に遭わせるからな」

クラウゼンはまるでジルダを信用していないような瞳でじろりと睨む。

約束とは、子ができたかどうか連絡を入れること、二度とエルベルトの前に姿を現さないこと、そしてこの取引を口外しないことだ。

ジルダは結果的にエルベルトを裏切ってしまうことを申し訳なく思いながら、どこか安堵していた。

(エルベルト様に淫魔だと知られずに、濃密に愛を交わし、たくさんの言葉をいただいた……一生分愛してもらったわ)

「約束は守ります」

ジルダはマントを身につけると深くフードを被る。

そうするとエルベルトに愛されたジルダという存在が消えたような錯覚に陥《おちい》る。

エルベルトが帰ってこないうちに、とクラウゼンは馬車を手配しジルダを街はずれの家まで送ってくれることになった。

ジルダは行き先を教会に変更してもらった。

ウーヴェ神父に面会を求めたジルダは、クラウゼンからもらった金貨入りの袋を渡した。

「ど、どうしたんだいこんな大金？　いったいなんのお金だい？」

「寄付します。これを教会と孤児院のお役に立ててください」

ジルダはもらった金貨を十枚だけ自分のこれからの生活のために取り分け、それ以外をウーヴェに託すことにした。

「しかし……これは……あまりに」

「あの、決して汚いお金ではありません。た、対価としていただいたものです。もちろん犯罪で稼《かせ》いだものでもありません、神に誓って」

詳しいことはクラウゼンとの約束があるため言えないが、こんな大金を持っていたら堕落しそうな気がして、ジルダは恐ろしかった。

それにジルダは王都を出るつもりでいる。

王都にいては、いつかエルベルトと会ってしまうかもしれない。

もしかしたら自分を探して、街はずれの家に来てしまうかもしれない。

エルベルトはジルダの家を知らないはずだし、クラウゼンは言わないだろう。

だが、過去にクラウゼンがジルダの家を簡単に突き止めてしまったこともあり、油断はできない。

秘密にしているわけではないので、街の人に聞けばあっさりとジルダに辿り着いてしまうだろう。

そうなったら困るのだ。

納得しないウーヴェに、ジルダは嘘をついた。

「……実は引っ越すので家財を処分したのです。使っていなかった祖母の道具の中に貴重なものがあったらしく高く売れて、それで」

「そんな……引っ越すのならば、新生活のためにお金はあったほうがいいのではないのかい？」

黙ってもらっておけばいいのに、ウーヴェはジルダの心配ばかりをしてくれている。そのことに心が温かくなったジルダは緩く首を振った。

「知り合いのところに行こうと思っているんです。神父様にはお世話になったし、これからは気軽に来られないので……ぜひ」

微笑んだジルダによほどの事情があるのだと感じたウーヴェは、それ以上追及せずに寄付を受け取った。

「また、いつでもおいで。ここは神の家であると同時にジルダの家でもあるのだから」

「……ありがとう、ございます。神父様どうかお元気で」

「ジルダおねえちゃん、どこかに行っちゃうの？」

真っ白いシャツを着た孤児――カインがジルダに声をかける。

孤児院で育ったため、ジルダとも面識のある男の子だった。ジルダは真新しいシャツに身を包んだカインが王城に行くのだと気付き、明るく微笑んだ。

「ええ、そうなの。カインはお城へ行くのね？　しっかりね！」

互いに新天地で頑張ろう、という激励を込めたつもりだったがカインの表情はさえない。せっかくの可愛らしい顔が不安に曇っている。

「どうしたの？　なにか心配なことが？」

しゃがんでカインと視線を合わせると、カインは下を向いたままぽつぽつと話し始める。

「……お城は怖いんだ。王妃様はとても親切でお菓子をくれたり、お膝に乗せてくれたりするけど……目が怖いときがあって」

「……まあ……そうなのね。もし行きたくなければしばらくお城に行くのをお休みしたら？」

子供は繊細なのだから無理強いはよくないとジルダが提案すると、驚くほど大きな声でカインが叫んだ。

「駄目だよ！　王妃様と約束したんだ！　約束を破ったら駄目なんだよ！」

カインの剣幕《けんまく》にジルダもウーヴェも言葉を失う。

大人の驚いた様子にカインはハッとしてまた下を向く。

その手は細かく震えていて、ジルダは胸が痛んだ。

「カイン。約束を果たそうとするのは素晴らしいことだけれど、それによってカインが苦しい思いをするなら、わたしも神父様も悲しいわ」

「そうだよカイン。なにかあるなら言ってほしい」

しかしカインはそれからなにも言ってはくれなかった。

彼の様子が気になりはしたものの、早く王都を離れなければいけないジルダはウーヴェに託し、後ろ髪を引かれる思いで教会をあとにした。

旅支度はあっという間に終わった。

もとより荷物は多くない。何日か分の着替えと路銀があれば、あとはもう絶対に必要なものなどジルダにはなかった。

(……こういうの、根無し草生活っていうのかしら)

淫魔の血を引いているがゆえに街の人とも深くかかわらず、ただ毎日を過ごしていた。

そんな生活だったが、いざ手放すとなると大切な日々に思えてくる。

(なにより、エルベルト様に出会えたから……)

思い出に浸る間もなく、ジルダは慌ただしく家を出た。

エルベルトが帰ってきてジルダがいないことに気付いたら、ここに探しに来てしまうかもしれないのだ。

そうなればクラウゼンから雷を落とされてしまう。

「お世話になりました……!」

扉の前で一礼してから扉を閉めた。

いつものくせで戸締りをしようとしたが、もう戻らないつもりなので誰が移り住んでもいいと思い切って、鍵はかけずに扉だけを閉めた。

「見つかりにくいように早めに山に入ろう」

ジルダは独り言で自分を奮《ふる》い立たせて歩き出した。

知り合いなどはいないジルダは、祖母のところへ向かうつもりだった。

ジルダと違って淫魔の血が濃い祖母はまだ存命なはずだ。

だいたいの居場所は聞いていたジルダは、近くまで行けばなんとかなると信じ、思い切って山に入った。

# 3　魅了

「おお、息災かエルベルト」

グルガーニ王が朗らかに声をかける。

それに慇懃に頭を下げたエルベルトは表面上いつもの穏やかな笑顔を取り繕っていたが、内心は早く屋敷に帰りたくてイライラを募らせていた。

いつも傍に控えているクラウゼンをジルダのために屋敷に置いてきたため、不慣れな侍従の様子にも神経を苛つかせてしまう。

(ああ、恋は人を狂わせるというのは本当だったのだな……ジルダ、もう逢いたくてたまらない)

一通り国王との話が終わると椅子から腰を上げたエルベルトに、声がかけられた。

「エルベルトや」

「王妃殿下」

エルベルトは表情を引き締め、首を垂れる。

エルベルトは王妃が苦手だった。

初めて会ったとき、美しい笑顔を浮かべているにもかかわらず、なぜか身体の底から寒くなるような気持ちになったのを覚えている。

しかしそんな気持ちになったのはその一度だけで、成人してから王城で会ったときはそのような気配を感じることはなかった。

だが、エルベルトはその一度だけで王妃に気を許すことができなくなった。

「そなた、まだ結婚はしていないのだったな？」

顔を合わせてすぐに繊細な質問を投げかける様子は、いくら王妃と言えど配慮のなさを感じさせる。

「そうですね……まだしていません」

エルベルトはいつもこの手の質問をされるため、躱し方も慣れている。しかし今日はジルダの顔がちらついて、どこか匂わせたい気持ちになっていた。

「ですが、そろそろ本腰を入れて考えてみようと思っております」

笑顔を作ってそう返すと、途端に王妃が興味を示した。

「なんと！　とうとうその気になったか！　いいぞいいぞ！　お前の結婚相手は飛びきり

美しい女でなくてはな！　どんな女が好みじゃ？　我に申してみよ！」

急に興奮しだした王妃を国王が窘《たしな》めるが、彼女は耳に入っていないように早口でまくし立てる。

「どんな女でも我が許そう。お前は早く子供を作るのじゃ！　多ければ多いほどいい……そうさな、おのこだけでも五、六人は欲しいのう！」

当人であるエルベルトを置き去りに、王妃はどんどん盛り上がって話を進めてしまう。

その様子に周囲は水を打ったように静かになる。

「王妃様、私はまだ結婚どころか婚約もしておりませんので……」

子の人数にまで言及されたエルベルトは、僅かに眉をひそめて不快感を示す。

王妃の態度は常軌を逸《いっ》していた。

「ならば早う結婚せよ！　お前は覚悟を決めるのが遅いくらいじゃ！　ああ、お前の子供は幼い頃のお前に似て、さぞや可愛らしいのじゃろうのう……ふ、ふふふ……」

以前と同じ、背筋が凍るような気持ちの悪さを感じたエルベルトだったが、それでも礼を失しないように挨拶をして謁見を終えた。

（……なんだ、この不快感は）

回廊から中庭に出て気分を落ち着かせようと歩いていると、顔見知りの近衛騎士に声をかけられた。

「エルベルト卿、大変だったようですね」

「はは……」

さっきの今でもう噂になっているのかと視線を逸らすと、騎士は顎を撫《な》でながら口を開く。

「うちのとこの若いのも、王妃様から早く結婚して子供を作れと強く言われていて困っていましたよ。ははは」

近衛騎士といえば王族が参列する式典等で注目を浴びることから、騎士の中でも花形と言われている。

そのため、騎士の中でも特に見目のいいものが選ばれるのは暗黙の了解だ。

「そうなのですか……」

自分だけではないのだとわかると、少し安心する。

エルベルトはこっそりとため息をついてからジルダを思い浮かべた。

人からあれやこれやと先回りして言われるのは面白くないが、ジルダとの子供ならば何人いてもいい。

男の子に限らず、女の子だって欲しい。

きっとジルダに似て可愛いだろう。いや、可愛くないはずがない。

頭の中の別の自分が『婚約もしていないのに』と、さきほどの王妃とのやりとりを思い出させるが、気持ちは浮足立っているのがわかる。

（ああ、早く屋敷に帰ってジルダを抱き締めなければ）

そう結論づけたエルベルトが騎士に暇を告げようと視線を上げたとき、その先に見知った顔を見たような気がして動きを止めた。

白いシャツに半ズボンの少年が数人、侍女に先導されて歩いているのが見える。

「……あれは？」

「ああ。王妃様のところに行儀見習いに来ている子供だな。王妃様が支援している孤児院から集まってくるんだ」

エルベルトの視線の先に気付いた騎士が軽い口調で言う。

彼によると王城で行儀見習いをするとのちにいい仕事につけたり、稀にそのまま数年間王城で働いたりする子供もいるということだった。

「ああ、ならばもしかしたら教会で見た顔かもしれないな」

ウーヴェ神父の教会も孤児院を併設している。そこの子供だろうとエルベルトが頷く。

教会のことを思い出したエルベルトは、またしてもジルダのことを思い浮かべてしまい、会いたい気持ちが募りそそくさと騎士に挨拶をして王城をあとにした。

途中城下で話題の菓子店に立ち寄り、屋敷で自分の帰りを待っているであろうジルダへの土産を買う。

そして隣の花屋で大きな花束を作ってもらうと、まるで自分が新妻のために尽くす男のように思えたエルベルトはひとり馬車の中で相好を崩す。

（ジルダと結婚したら、毎日がこんなに心躍る日々になるのだろうか）

愛する妻と可愛い子供たちに囲まれた生活を妄想して、胸が熱くなるのを感じたエルベルトは、帰ったら改めてジルダに求婚しようと決めた。

だが、その妄想はすぐに掻き消されることになる。

帰ってすぐに、クラウゼンからジルダが姿を消したと報告を受けたのだ。

「どういうことだ、クラウゼン！」

激しく侍従を叱責《しっせき》するエルベルトの剣幕は、長く勤めている使用人たちも初めて見る姿で、屋敷の中は恐れのあまり息をするのも憚《はばか》られる雰囲気に満ちてしまう。

「申し訳ございません。少しお休みになりたいというので、てっきり寝室にいらっしゃるものとばかり……お疲れのご様子だったのでそっとして差し上げようと思ったことが裏目に出てしまいました」

付近を探させているとクラウゼンが付け加えると、エルベルトは踵《きびす》を返して外に飛び出しかけた。

しかしその手をクラウゼンが摑んで引きとめた。

「お待ちください、エルベルト様！　ただいま騎士と使用人総出で探しております。エルベルト様はお帰りになるジルダ嬢をお迎えになるために、屋敷にいていただいたほうがよろしいかと」

「……しかし！」

声を荒らげたエルベルトは、クラウゼンの真摯《しんし》な視線に言葉を飲み込む。

確かに今、自分は冷静ではない。

ジルダはもしかしたら、ただ単に気分転換に外出しているだけかもしれないのだ。

そうであった場合、エルベルトがジルダを迎えなければ、彼女はがっかりしてしまうのではないか。

エルベルトは迷った末に項垂《うなだ》れて右手で顔を覆った。

「……そうだな、引き続き捜索を頼む」

「かしこまりました」

王都を知り尽くしているクラウゼンの采配ならば、きっとすぐに見つかるだろう。

そう思っていたエルベルトだったが、その日以降ジルダの姿は発見されず、行き先は杳《よう》として知れなかった。

ジルダは健脚《けんきゃく》で、移動には自信があった。

野山を歩き薬草や野草を探し回っていた日々は、自然とジルダに見た目以上の体力を与えてくれていたのだ。

もしかしたら淫魔の特性のひとつなのかもしれない。

そんなことを考えながら視線を上げる。

鬱蒼《うっそう》とした木々しか見えない。

「……確か、この辺りのはず」

麓《ふもと》の村で聞いたところ、数年前から山の奥深くに隠遁生活をしている老婆がいるとの情報を得た。

話し方や背格好、薬草を売りに来て酒を買っていくという生活スタイルを鑑みて、祖母に間違いないと確信を得たジルダは、手土産に蜂蜜酒を買い山奥を目指した。

おそらく朽ちて誰も使用しなくなった山小屋に住み着いているのだろう。

(でも……、もうちょっと……、村の近くに……、住んでほしい、わ、ね！)

沢伝いに山を登っていく。

だんだん踏みしめる石が大きくなると、沢から出て鬱蒼とした下草をかき分けて歩く。

獣道を見つければ、しめたものだ。

疲労が蓄積し、健脚のジルダでも喘《あえ》ぐような呼吸になる頃、ようやく捨て置かれた山小屋を発見した。

食事時ではないのに煙突から煙が細く出ているのは、鍋で薬を作っているからだろう。

祖母秘伝の咳止めの匂いが辺りに漂っている。

「おばあちゃん……」

ジルダは昔のことを思い出した。

『清廉であれ』

生活の中で、祖母はなにかにつけジルダに繰り返しそう言った。

幼いジルダは祖母の言うことを理解しきれていなかったが、長じるにつれてその言葉に含まれた意味を知った。

淫魔の血を濃く引く祖母は、生粋の人間である祖父と想いを通わせ所帯を持った。淫魔の血を引こうが愛があれば乗り越えられるという自信があったという。

だが、愛では祖父の死を止めることができなかった。

祖父が亡くなったときに自分も消え去りたいと願ったようだが、娘がいたためそれを思い留まった。

娘を抱えて生きるうちに祖母は悟ったという。

『清廉であることを？』

幼いジルダが尋ねると祖母は緩く首を振った。

『いいや、人生楽しまなきゃ、ってことさね。でも若いうちは清廉さが必要なのさ』

――そうなんだ？

ジルダに『清廉であれ』と言い続ける祖母が、どうやってその結果に行き着いたのかよくわからなかったが「そういうものなのか」と丸のまま飲み込んだ。

祖母はジルダのピンクブロンドの髪を撫でてよく言っていた。

『淫魔と人間とでは、結局破綻するのさ。だからそのときを楽しむしかないんだよ』

それにはおそらくジルダの母のことが強く反映されている。

ジルダは詳細を知らされていないがいろいろあったらしい。

人に聞かれたら病気で死んだことにしておきな、とだけ言われた。

母を亡くしてからはずっと二人で暮らしてきたのに、祖母はどこかドライで、ジルダを煙《けむ》に巻くような態度を取っていた。

（そう、そしてわたしをひとりにして去ってしまった……）

何年ぶりかの祖母との対面に、ジルダは唇を引き結んだ。

「おばあちゃん！」

山小屋の外から大きな声で呼びかけてしばらく待っていると、小屋の扉がぎいいいい、と軋んで開いた。

「ジルダ、どうしたんだい？」

中からジルダの記憶と寸分違わぬ祖母グレーテが姿を現した。

ジルダと同じマントを着込んで、数年の空白期間がまるでないもののように一瞬で飛び越えて、ジルダの名を呼んだ。

「お、おばあちゃああああ……ん!!」

途端にジルダの金の瞳からボロボロと大粒の涙がこぼれ落ちた。

本当はずっとこんなふうに声を上げて泣きたかった。

でも、できなかった。

ずっとずっと我慢していた涙は、ジルダの中でとっくに許容量を超えていたのだ。

「おやおや、大きくなったっていうのに、とんだ泣き虫だよ」

呆れたような口調で、それでもグレーテは泣き崩れたジルダを抱き締めた。

覚えのある薬草の香りに鼻腔《びくう》を刺激され、ジルダはその青臭さに笑い泣きした。


「……わあ、なつかしい。この容赦ない苦み……」

小屋の中に招き入れられたジルダは、チクチクする粗悪なベッドに座って薬草茶を味わう。飲み込もうとすると頬と喉の内側がきゅっと締まり、嚥下を拒否するのがわかる。

「お前に教えたままの秘伝のレシピだけどね」

味に文句をつけられたと思ったのか、グレーテがじろりと睨みつけてくる。

これまでのジルダだったらたじろいだだろうが、そこは成長している。

胸を張って言い返した。

「おばあちゃんの作った薬草茶は確かに効き目ばっちりだけど、みんなが飲めるものじゃないの！　わたしはトウヤクを入れないわ」

苦い薬草の代表を挙げるとグレーテが片眉を吊り上げた。

「お前、生意気になったんじゃないかえ？　……まあいいわ……明日はお前用の椅子を作ろうか」

ひとつしかない粗末な椅子に腰かけたグレーテは、息を吐くと薬草茶を呑み干す。

手持無沙汰になったジルダは薬湯のおかわりを断り、足をぶらぶらさせた。

グレーテのすべて受け入れる態度をありがたいと思いつつ、聞いてほしくなったのだ。

ジルダはカップを撫でながら重い口を開く。

「あの……、あのね、おばあちゃん……」

なにから話したらいいか迷ったジルダはもじもじと身体を揺する。

まるで悪戯《いたずら》を白状するようなバツの悪さを感じていた。

しかし人生の大先輩、百戦錬磨のグレーテにはお見通しだったようだ。

「なんだい、男のことかい？　いいんだよ、お前の《魅了》に敵う奴なんていないんだから。変な男なら一発やったあとに後腐れなく捨ててしまいな」

ジルダの態度を、グレーテは違うように捉えたらしく、そんなことを言う。

しかしジルダは違うのだと首を緩く振った。

「違うの……わたし、無意識のうちに好きな人に《魅了》の力を使ってしまって……貴族の人なのに……どうしても好きで……っ」

一度口を突いて出た言葉は止まらなかった。

ジルダは真実を告げることも逃げることもせずに、その偽りの愛情を享受し閨を共にしてしまったことを白状した。

話しているうちに感情が高まり、ジルダは再び涙を拭きながらしゃくりあげる。

「わ、わたし……っ、卑怯《ひきょう》なの……っ、全部隠して……わた、わたしの、気持ちだけ……っ、ゆ、優先して……っ」

嗚咽《おえつ》のせいで聞き取りにくかっただろうに、グレーテは聞き返すことなく根気強くジルダの話に耳を傾けた。

「《魅了》のせいだからエルベルト様は仕方ないけど、わたしは本当にエルベルト様のことが好きだったの……変態性欲も鏡の間も全部ひっくるめて好きなの……っ」

狭い小屋の中にジルダがしゃくりあげる音だけが響いた。

しばらくしてグレーテが深い深いため息をついて、持っていた薬草茶のカップをテーブルに置いた。

ジルダの告白に呆れたのだろうと思ったが、そうではなかった。

「……はあああああ。すまないねえ。あたしゃ、あんたが真面目な子だってのをすっかり忘れていたよ」

グレーテの珍しく反省したような声音に、ジルダが顔を上げる。

そこにいつもの飄々《ひょうひょう》としたグレーテの姿はなく、がっくりと項垂れた老婆がいた。

「え、いや真面目とか不真面目とかの問題じゃなくて。わたしが《魅了》の力を制御できなくて起きちゃったことだから……っ」

ジルダが子供のように手の甲で涙を拭うと、グレーテは『そうじゃない』とまた首を横に振る。

「いや、本当にちゃんと説明しないあたしが悪かった……よぉくお聞き、ジルダ」

グレーテがキリリと表情を引き締めジルダに向き直った。

なにか大変な発言があるのだと感じたジルダは、姿勢を正してごくりと喉を鳴らす。

覚悟をしていたつもりだったが、それでもグレーテの口から出た言葉は、ジルダを驚かせた。

「落ち込んでいるところ悪いけど、あんたには人を《魅了》するほどの魔力はないよ。ほとんど普通の人間と一緒さ」

なんですって？

ジルダは時が止まったように感じた。

真面目な顔をしているグレーテが、渾身《こんしん》の冗談を放ったのだと思ったのだ。

だがいつまでたっても「なーんてね！」と舌を出さないグレーテに、ジルダは信じられない気持ちで口を開く。

なにを言うべきかわからず、ジルダはただ口をハクハクさせるだけになってしまう。

ジルダの衝撃を理解したのか、グレーテはおもむろに頷く。

「そうさ。お前に《魅了》は使えない。今はもう血がかなり薄まっているんだよ」

「うそ！　だって、おばあちゃんの孫だもん！　そんな急に薄まるわけ……」

グレーテは寿命が長い。

ジルダが物心ついたときからずっと同じ風貌だ。

本人も一か所に長居をすると長命なのがバレてしまうから、適宜移動していると言っていた。

しかしグレーテの爆弾発言はさらに続く。

「あたしはあんたの本当のおばあちゃんじゃないよ？　祖母っていう意味じゃなくて年寄りという意味のおばあちゃんだしね？」

「え、……えええ⁉」

もうわけがわからない。ジルダは眩暈を覚えてベッドに倒れ込む。

「え、じゃあお母さんは……？」

「あんたの言うお母さんは正真正銘お前の母親さ。淫魔の血が薄くて、流行病であっさりと死んじまったけどね。あの子も淫魔の血筋だったから、淫魔仲間の中でも近くにいたあたしが世話をしてて、あんたを育てていたというわけさ」

ああ、言葉のあやか……。

ジルダは信じがたい告白の数々をなんとか飲み下す。

さらに聞くと、グレーテとジルダでは祖が違う淫魔らしい。

そして淫魔の血は性質上人間と混じり薄まりやすいため、現在の淫魔界隈はジルダのようにほとんど淫魔の能力を有さない者が占めているという。

ジルダは身動ぎするたびにガサガサするベッドで大きく息を吐く。

肺の中が空っぽになるほど脱力感を味わう。

「じゃあ、なんで小さいわたしにあんなこと言ったの？」

グレーテは幼いジルダに《魅了》の魔力がある、制御できないから男に近づくな、目を合わせるなと言った。

ジルダはそれをこの年になるまで馬鹿正直に守り通してきたのだ。

「それにときどき、本当に《魅了》されて男の人がおかしくなったよ？」

顔を赤らめ息を乱して迫ってくる男から必死に逃げた記憶がよみがえる。

グレーテはなんてことないように「ああ、それはね」と真面目な顔をした。

しかしジルダは知っていた。

一見真面目に見えるが、この顔はジルダを揶揄うときの表情だ。

「アレは単にあんたがとんでもなく可愛いってことさ！　淫魔特有の冗談さね。その男も普通にあんたに惚《ほ》れたんだろうさ！」

「ええ？　なにそれ！」

ジルダは腹筋を使って飛び起きる。

グレーテはもう反省の時間が終わったようで呵呵大笑《かかたいしょう》する。

「あっははは！　淫魔の血は性質上どうしても薄くなるって言ったろう？　その逆も然《しか》り。稀《まれ》に先祖返りなんかで強い血が混じることもあるから、しばらくは仲間で様子を見るんだが、お前はぜんぜん淫魔としての素養がなかったんだよ」

「じゃあ、……エルベルト様は……」

動悸がする胸を押さえながら、ジルダが震える声で尋ねる。

もしも、もしも本当にジルダがほとんど人間と変わらないのであれば……エルベルトと共に生きることが許される道があるのかもしれないという希望の灯《ともしび》が小さくともった。

「そのエルベルトとかいう男も、本当にお前に惚れたに違いないさ。こんなに可愛いんだから当然だろうが」

グレーテの説明は筋が通っていた。

実際これまでも目を合わせても恋に落ちた様子のない人物も多くいた。

ジルダはそれを《魅了》の力が制御できないからなのだと勝手に思っていたが、それは普通のことだったのだ。

「じゃあ、わたしもう街中でマントを着てフードを被って顔を隠さなくてもいいの？」

グレーテからもらったマントも嫌いではないが、あれを着ると自分が異質な存在だと思い知らされる。

それがなくなるのはジルダにとって福音だ。

年頃の娘のように可愛い服を着たいし、夏の暑さで倒れてしまいそうになることもなくなるだろう。

「いや、むやみにそんな可愛い顔と色気のある身体を出すんじゃない。お前を巡って騒動が起きるよ」

グレーテが呆れたように目を眇める。

「大きな街には混血が多い。むやみやたらと孕むのは思わぬ濃い血を生むことになるから危険だよ」

「は、……孕まないよ」

先日までのエルベルトとの甘い情事を思い出したジルダは、不自然にならないように気を付けながら下腹を撫でる。

（孕むとしたら……エルベルト様の子供だもん……）

「それにしてもダヴィア公爵家なんて、毛並みのいいのを捕まえたねえ」

エルベルトに言及したグレーテが「さすがあたしの孫！」と、存在しない血縁を誇って笑っていたがジルダの表情は沈んだままだった。

自分が淫魔の血を継いでいるとはいえごく薄く、《魅了》もできないほど普通の人間と同じだということは安心できた。

だが、だからといってエルベルトと結ばれる未来があることはイコールではない。

依然として身分の差という隔たりがあるし、なにより待っているようにと言ったエルベルトの庇護の手をかいくぐり、行方をくらましたジルダを彼は許さないだろう。

「何ヶ月か……夢の続きを見させてもらえれば……あとは忘れるから」

クラウゼンとの約束で、エルベルトの子供を宿したかどうか連絡をすることになっている。もしも妊娠したら、産んで子供を引き渡す。

「……」

妊娠していても『子供はできなかった』と報告してひっそりと親子二人で暮らそうか。

そんな考えが湧き起こるが、ジルダは慌ててかぶりを振る。

（清く正しく、清廉であれ、……よ！）

ジルダはしばらく住まわせてほしい旨を改めてグレーテにお願いすると、彼女は「かわいい孫の頼みだ、聞くしかないだろ？」と笑ってくれた。

ダヴィア領にいるフランツの元に、エルベルトの異常が報告されたのはジルダが姿を消した十日後だった。

眠らず食事をとらず、いなくなった想い人を探しているとのことだ。そんなことは初めてだったため捨て置くわけにもいかず、フランツは急遽王都の屋敷へ向かった。

到着したとき、エルベルトは屋敷におらず、止めるのを振り切って想い人の捜索に出ているという。

いつもは付き従っているクラウゼンを置いていっていることに違和感を覚えたフランツは、憔悴した様子のクラウゼンから事の顛末《てんまつ》を聞いて天を仰いだ。

「……というわけで、きちんと旦那様のご意向であることもご説明をしたのですが、それ以降エルベルト様は私の言葉を聞いていただけず……」

「これが伝聞の弊害か……」

「旦那様、それはどういう……？」

クラウゼンが眉をひそめるとフランツは短く命じた。

「すぐにエルベルトを連れてきてくれ」

いつも穏やかなフランツの声音に固いものを感じたクラウゼンは、慌ててエルベルトを探しに行った。

不本意な形で連れ戻されたエルベルトは不機嫌を隠そうともせず、フランツの向かい側に座った。

確かに前に顔を合わせたときよりも頬がこけているし、目の下のクマがひどい。

満足に食べていないし眠れていないのは明らかだ。

「……クラウゼンからおおよそのことは聞いた。すまないエルベルト、責任の一端は私にある」

そう言って頭を下げるフランツに、エルベルトは目を眇めて視線だけで説明を求める。

こんなに冷ややかな視線を息子から浴びるのは初めてだったフランツは、それほどにエルベルトがそのジルダという女性のことを愛しているのだと感じた。

フランツはなんとしてもダヴィアの王統を途切れさせたくないこと、それが成《な》るのであれば平民と子供を儲けることも辞さないこと、ただ平民ゆえに貴族社会に順応できない懸念があることを手紙にしたためさせたこと――しかしそれが歪んで伝わってしまったことをエルベルトに伝えた。

「勝手になんということをしてくれたのです？　ジルダのことをまるで子供を産む道具のように扱うなんて……！　畜生《ちくしょう》にも劣る行いだ！」

エルベルトの美貌が怒りで凄《すご》みを増している。

「すまない。もう少し文面に気をつかっていれば……」

「謝ってすむことではありません……！　私はもうジルダを選んだ。彼女でなくては意味がないのだ！　もしもジルダが絶望して命を絶《た》ってしまっていたらどう責任を取られるおつもりか！　そうでなくても怪我をしたりつらい思いをしたりしていたら……っ」

エルベルトの拳が激しくテーブルを打った。

乱暴なことは一切しなかったエルベルトの気持ちが、強靭な理性によって支えられていたことを知ったフランツは息子の強く深い悲しみに触れ押し黙る。

「恐れながらエルベルト様、ジルダ様は屋敷を出る際、必ず連絡を入れてくれると約束してくださいました。それをお待ちいただければ……」

「その連絡がいつ来るのかお前にわかるのか!?　連絡できない状況に追い込まれてしまっていたら？」

追い出すように屋敷から去らせた結果、思い余って世を儚《はかな》み……ということも考えられる。渡した金は手切れ金だとも伝えてある。捨てられたと思うのが普通であろう。

「渡した金もほとんどを教会に寄付してしまって、住んでいたという家ももぬけの殻……最悪なことを考えてしまうのは、私が悲観的すぎるからか？」

「……」

誰も言葉を発することができず、いよいよ不吉な雰囲気が漂い始める。

フランツは悪寒《おかん》を覚えた。

ジルダを失ってしまったら、エルベルトがどうなるかわからないのだ。

フランツは腹をくくった。唇を引き結び即座に予定を組み立てる。

「エルベルト、これからお前はジルダ嬢の捜索に注力しなさい。仕事も領地のことも、王城からの呼び出しに応じる必要もない。すべて私が行う」

「父上……？」

驚いた表情のエルベルトに僅かに赤みが増した気がして、フランツは力強く頷く。

「私はジルダ嬢に謝罪をしなければならない……それにちゃんと挨拶をしたいからね。だからエルベルトは最低限の睡眠と食事をとるように。本格的な捜索は生半可な覚悟ではできないだろうから」

フランツの言葉に冷静になれたのか、エルベルトは固く握っていた拳をようやく開き顔を覆う。

「はあ、……すみません。私は冷静ではなかった。誤解だったのですね……ああ、ジルダ……どうか無事で」

低く唸ったエルベルトはそのまま動かなくなってしまう。

「エルベルト？」

フランツが声をかけるが反応がない。

慌てて肩を揺さぶると彼は気絶するように眠っていた。

鏡の間ではないところで意識を失うほど、睡眠も食事もとらずに捜索をしていたのだ。

フランツはこんなにギリギリの状態にあるエルベルトを初めて目にした。どれほどジルダを強く思っているのかを知って、フランツは口の中が苦くなる。

「エルベルトを寝室へ運んでやってくれ。それから捜索に割く人員を増やすように手配を」

「あの、旦那様……」

クラウゼンが不安そうに口を挟む。

フランツは言葉の続きを視線だけで促した。

「今のお話ですと、ジルダ嬢をエルベルト様の妻として認めるとおっしゃったように聞こえましたが」

そのつもりで動くべきなのか、クラウゼンは迷っていた。

フランツは苦悩に顔をしかめておもむろに口を開く。

「……由緒正しいダヴィアの王統を途切れさせるわけにはいかない。エルベルトがその女性でなくてはいけないというのなら……正妻ではなく妾《めかけ》にするという手もある」

あくまでも正妻は貴族女性。

フランツは揺れ動く気持ちの中でそう言葉をひねり出した。

確かにこの国では家同士の結婚を義務としてとらえ、本当の想い人とは結婚後にその関係を深めることがよくある。

それを誠実ではないと忌み嫌いながら、王統を途切れさせないためにはやむなしと思っているのだろう。

フランツの表情は苦痛に歪んでいる。

「私は父親として失格だな……」

フランツは深く息を吐くと椅子から立ち上がり、窓から外を見た。

# 4　宿願成就

ジルダが姿を消して三ヶ月ほどが経過した。

捜索は続いていたが、その手掛かりはまったくなかった。

主だった街道で聞き込みをしても、ジルダのような容姿の女性が通ったという証言が取れない。

これは旅人ならばマントを着用しているのは珍しくないことと、ジルダが人前で滅多にマントを脱がないことに起因する。

特にひとり旅をする女性は警戒しているため予想されたことだが、探している側としては歯嚙みをせずにはいられない。

以前よりは眠り食事をとっているとはいえ、エルベルトの表情は日に日に沈んでいく。

もはや目の下のクマがこびりついたように濃くなり、瞳は淀んでいる。

王都で一番美しいと謳われるエルベルトのあるまじき様子に侍従はたまらず声をかけた。

「……エルベルト様、少し休まれては」

ジルダに対する仕打ちがフランツの指示だったことから、幾分態度が軟化したものの、エルベルトのクラウゼンへの態度はぎこちなかった。

「十分休んでいる。それよりなにか情報はあったか」

目頭を揉んで疲れを誤魔化《ごまか》そうとしているエルベルトに、クラウゼンは持っていた書類を捲る。

「主要な街道沿いの宿屋や食堂をくまなくあたってみましたが、ジルダ嬢と思しき女性が利用したという確実な情報は出てきませんでした……それと、ここ三ヶ月で行き倒れとなった中に……」

「……っ！」

クラウゼンの言葉に振り向いたエルベルトは眦を吊り上げて言葉を失う。クラウゼンは、それほどまでにエルベルトを追い詰めてしまった責任を感じて項垂れる。

「……行き倒れとなって見つかった遺体に、ジルダ嬢と特徴が一致するものはありませんでした」

「……っ、馬鹿者。お前がおかしな空気を出すから、まさかと思って身構えてしまったではないか」

エルベルトの弛緩した雰囲気を受けて、クラウゼンも肩の力を抜く。

「申し訳ありません」

おかしな雰囲気を出してしまったことではなく、ジルダにかかわる己の不寛容さに対して心からの謝罪を表して頭を下げる。

クラウゼンは悔《く》いていた。

平民であるジルダのことをよく思っていなかったことは確かだが、だからといってエルベルトの想い人だという配慮を忘れてしまっていたのは落ち度としか言いようがない。

(それに、今にして思えばジルダ嬢は常に弁えていた……)

出会ったときも礼儀正しく遠慮がちで、エルベルトの財産を狙ったようなそぶりはまったくなかった。

家を訪ねていったときも、倹《つま》しい暮らしをしているのがわかったが、だからといって卑《ひ》屈《くつ》になっているようでもなかった。

失礼な頼みをしている自覚はあったがクラウゼンは、『エルベルトのため』という大義名分をふりかざし乗り気ではないジルダを言いくるめ、最終的に土下座までした。

(引けない状況を作り出し、結果思い通りに動くように仕向けた……)

行為に見合う金さえ出せばいいだろう。

クラウゼンはどこかそんなふうに考えていた。

そこにジルダの気持ちを慮《おもんぱか》るような思いやりは存在しなかった。それが今、激しい後悔と共にクラウゼンの喉に苦く引っかかったまま残っている。

(なんとか、彼女を見つけ出さないと)

だが見つけ出したところで、ジルダにとって幸せな結末にはならないかもしれないことも感じていた。

フランツはジルダに謝罪が必要だと言いつつも、よくて妾《めかけ》に……と考えているようだった。

それではせっかく見つけ出しても、ジルダがさらに深い傷を負うことになりかねない。

(私はどうしたら……)

エルベルトと今度の捜索について相談しながらも、悩みは尽きないクラウゼンだった。

丹念に行った聞き込みから、ジルダが薬草を採取していたことがわかり、薬屋に持ち込んでいなかったかを確認するため、地図からリストアップしていると慌ただしく扉が開かれ、執事が駆け込んできた。

いつも優雅な執事にしては珍しい行動にどうしたのかと視線を向けると、彼は手の中の封筒を震えながら差し出す。普段は銀のトレイに載せて優雅に持ってくるのに、今日はその差があまりにもありすぎた。

なにがそんなに執事を驚かせたのだろうと、訝しみながら受け取ったエルベルトは目を眇める。

あまりに動揺したせいか、握りつぶしてしまっていたそれは、あまり上等ではないザラザラとした質感のものだった。

「エルベルト様……、こちらは、おそらく……ジルダ様からのものかと……」

息が整わない執事がそう告げると、同時にエルベルトが封筒を裏返す。

そこには小さく『G』と書かれていた。

「……ジルダ!?」

逸るエルベルトは、ペーパーナイフを取りにいく間も惜しんで封筒を破く。折り畳まれた紙を開くと、覚えのある香りがエルベルトの鼻腔をくすぐる。

「……ジルダ……っ」

料金を支払い手紙を雑貨屋に託すと、ジルダはぺたんこの下腹を無意識に撫でた。

環境が変わったからか心因的なものなのかわからないが、止まっていた月のものがやってきて妊娠していなかったことがわかった。

なんとなく妊娠しているような気がしていたジルダは、これで完全にエルベルトとの縁が切れてしまったことが確定してしまい落ち込んだ。

（いいえ、わたしのことよりも、エルベルト様の子供を産んであげられなかったことが悲しいし、申し訳ないわ……）

それにジルダが妊娠していなかったとなると、エルベルトは他の女性を抱くことになるのだろう。

エルベルトに似合いの、貴族の女性を。

公爵邸で過ごしたあの濃厚な三日間を……いやもっと長い時間をエルベルトと過ごすに違いない。

胸にどす黒いものが広がる気がして、ジルダは唇をきつく嚙みしめる。

名も知らぬ誰かを恨《うら》むなんて馬鹿げている。

ジルダはエルベルトの恋人でもなければ妻でもない。

ただ、彼に想いを寄せているだけの女なのだ。

ジルダは気持ちを落ち着かせてから、クラウゼンとの約束を果たすために事実を報告する手紙をしたためた。

簡潔に、余計なことは書かずにただ一言《妊娠していませんでした》とだけ。

本当はエルベルトがどうしているのか聞きたかった。

急にいなくなって怒ってはいないだろうか。

もしかして少しは悲しんでくれただろうか。

だったら嬉しい。

できれば返事が欲しかったが、それは望みすぎだろう。自分の未練を断ち切るためにも、今いる所を書くことはやめた。

「ああ、これからどうしよう」

吹っ切るようにことさら大きな声を出して、天を仰いだ。

居心地がいいとはいえ、いつまでもグレーテの小屋に居候するわけにもいかない。

なにより妊娠していないことも、《魅了》の力がないこともわかったのだ。

これからは注意しながら普通の生活ができるかもしれない。

空虚な心の中に少しでも期待を詰めておこう、とわざと歩幅を大きく取って歩き出す。

（あたたかいところが開放的でいいかなあ。あ、海の近くなんていいかもしれない！）

なんとなくの思いつきだったが、そのわりに良案に感じられてジルダは口角を上げた。

（そうよ、心機一転！　誰もわたしのことを知らない街で新生活！）

話でしか聞いたことがない海を、ジルダは目指すことにした。

「いいじゃないか、海！　あたしもついて行こうかねえ」

食事の支度をしながらグレーテに言うと、彼女は老いを感じさせぬノリのよさで合いの手を入れる。

若い頃に海の近くに住んだことがあるというグレーテは、金属がすぐ錆《さ》びるとか砂浜の砂が強風で飛んでくるとか文句を言いながらも、地元の人々の開放的で朗《ほが》らかな気質は住んでいて楽しいと懐かしむように瞼を閉じて思い出に浸っている。

気持ちが盛り上がった二人は、すぐに海が見える街へ行くための計画を練り始めた。

ここから一番近い海は、西の山を越えたところにある。しかし王都からも程近く、貴族がバカンスに訪れることも多いことから、避けることにした。

新天地と定めたところでジルダを知る人に会ったり、ましてやエルベルトに会ったりするわけにはいかないのだ。

となると、南下するしかない。

国境を越えることになるが、大きく迂回し山の中を移動すれば人に咎《とが》められることはないだろう。

「……ねえ、それって国境破りじゃないの……？」

今更ながらそうグレーテに尋ねると、彼女は器用に片目をつぶった。

「淫魔に国境もへったくれもないさ！　大丈夫、長年移動生活をしてきたノウハウがあるからね！」

グレーテのいうことは驚くほど罪悪感がなく自信たっぷりだ。

大丈夫じゃないでしょと思うジルダだったが、今はその能天気さに流されようと思うことにする。

空模様を読んで三日後に出発しようと決めた二人は、万端にすべく準備をしていた。

翌日、グレーテが馴染みの薬屋に留守の報告がてら薬を卸しに行った。

ジルダも誘われたが特に用事も思いつかなかったので、小屋に残って長期の留守に耐えられるように片付けを受け持つ。

グレーテもひとりのほうがゆっくり羽を伸ばすことができるだろう。

それに力がいる作業はジルダがしたほうが効率がいい。

（海に行く前におばあちゃんがぎっくり腰にでもなったら大変だもの！）

伸びそうな枝や雑草を払い、嵐があったときに飛ばされそうなものをロープで縛るのは、なかなかに重労働だ。

汗を拭き拭き散らかった雑草や枝をひとまとめにしていると、背後で物音がした。

「おばあちゃん？　はやかったね……」

ついでに酒を引っかけてくると言っていたグレーテが、まさか明るいうちに帰ってくるとは思わず額を雑に袖で拭い振り向くと、そこには太陽を背負った男性の影があった。

逆光で顔は見えなかったが、ジルダにはそれが誰だかすぐにわかった。

「エ……エルベルト様……？」

信じられない気持ちでその名を呟くと、逆光の人物はゆっくりとジルダに歩み寄り、両手を広げた。

「ジルダ、無事でよかった……！」

ジルダは中腰になった身体を伸ばすとふらふらとエルベルトに近づいた。

本物のエルベルトだと信じられなかった。

逢いたいという気持ちが強すぎて幻を見ているに違いない。

もっと近くで確認しないと、と目を凝らすが視界が滲む。

話しかけようとして口を開くが喉が震えて声が出ない。

「あ、あぁ……っ」

ようやく出た声が嗚咽《おえつ》になってしまったジルダは、自分がこんなにもエルベルトを欲していることを思い知らされ、膝から崩れ落ちる。

(本当にどうしようもない……っ、エルベルト様のことを思いきったと思っていたのに……まだ、こんなにも胸が震える……)

「ジルダっ」

エルベルトはジルダの膝がつく直前に彼女の手を掴んで抱き締めた。

腕の中の愛する人が記憶よりも細く頼りなくなっていることに驚き、呼びかける。

「ジルダ、大丈夫か？　どこか具合が？」

「ひ……っ、ひぃん……っ、エルベルト様ぁ……っ！」

エルベルトの問いかけも聞こえないほど、ジルダは泣きじゃくった。

エルベルトが差し出してくれたハンカチでは足りずに、ジルダはタオルを顔に宛がって泣き続けた。

粗末な小屋で二人は並んでベッドに腰かけている。紳士たるエルベルトは泣き止めとは言わずに、ジルダの肩を抱いたり背中を撫でたりして落ち着かせてくれている。

ようやく涙が落ち着き気持ちも和らいでくると、ピタリと添った身体が恥ずかしくなった。

（……泣きやむと途端に場がもたないんですけれど……っ）

なにを話していいかまとまらないジルダは不自然にならないように気を付けながら、さりげなく拳ひとつぶんほどエルベルトと距離を開ける。

すると即座に彼の腕がジルダの腰を引き寄せて再びピタリと添う。

そこからじんわりと互いの体温が感じられて顔が熱くなる。

「あ、あの……っ、エルベルト様。お茶でもいかがですか……っ」

当たり障りなく、しかし確実に距離を保てる方法を思いついて提案してみたが、エルベルトは緩く首を振る。

「喉は渇いていない。それよりも私には君が足りないんだ、ジルダ。もっと顔をよく見せて」

タオルから解放されたジルダの細い顎を指で軽く持ち上げると、王都で一番美しいと言わしめた美貌が近づいてくる。

(口付けだ……っ、間違いなく口付けだわ……っ！)

覚えのある感覚にジルダが瞼を伏せて唇を引き結ぶ。

まだ時間があるとはいえ、いつグレーテが帰ってくるかわからない状況で、深い口付けをするのは危険だと思ったのだ。

絶対にそれで終わる気がしない。

しかしジルダの予想に反してエルベルトの唇は彼女の鼻先に着地した。

「……えっ？　あ、あぁ……む、んん！」

ジルダが驚いて声を上げたのを見計らって、エルベルトはその薄く開いた唇に舌をねじ込んできた。

「ふ、ぁ……っ、むぅ……っ、…………、んんっ」

騙《だま》し討ちのようなキスだったが、それが逆にエルベルトの必死さを物語っていた。

寝室で情を交わす間、数えきれないほど口付けをしたというのに、ジルダはこれほど切なく情熱的な口付けは初めて受けた。

(あぁ、……エルベルト様……っ)

エルベルトの訪問は嬉しかったものの、すぐに帰ってもらわなければと思っていたジルダはそれが建て前でしかないことを知る。

ジルダ自身がエルベルトを求めていたのだ。

彼を知ってしまったら、もう知らなかったころの自分に戻れるわけがない。

(ごめんなさい、エルベルト様……わたし、やっぱりあなたが好きです……)

行き場に困っていた両手をエルベルトの首に回すと、強く引き寄せて自分から舌を絡ませた。

一瞬ぴくりと反応したエルベルトのそれはさらに大胆に口腔《こうくう》を蹂躙《じゅうりん》する。

じゅぷ、と二人の唾液が淫らな水音を立てて口の端を伝っていった。

「ジルダ……、ああ、本当にジルダだ……っ」

長い口付けが解かれると、荒い息をするジルダを抱き締めてエルベルトが感じ入ったように呟く。

その一言に離れていた間のエルベルトの苦悩が滲み出ているような気がして、ジルダの目にまた涙が浮かぶ。

「エ、……っ、エルベル……っ、ト、さま……っ」

ジルダが額をエルベルトの胸に押しつけて泣くと、再び唇が重なった。今度は労わるような優しいキスで、ジルダの胸は温かなものでいっぱいになる。

「エルベルト様……、エルベルト様……っ」

「駄目だジルダ、こんなにしては我慢ができなくなってしまう……」

諫めるようなことを言うエルベルトの声は上擦っている。

潤む新緑の瞳の奥には、確かに熱情の影が揺れていた。

「……いいの。もっとエルベルト様を感じたいです……」

エルベルトの腰にきゅっと抱きつくと、鍛えられた身体が硬直した。

もう一押し、とジルダが額をぐりぐりとエルベルトの胸に押しつけると、頭の上で悩ましい呻き声が上がる。

「く……っ、こんな可愛いことして……っ、どうなるかわかっているのか君は……っ」

可愛い、と聞いてジルダは顔を上げた。

この年にもなってグレーテすらジルダが可愛いというからには、それなりに自信を持ってもいいのではないか。

そのつもりでエルベルトを見上げると、彼は「うぐ！」と大きく怯んだ。

顔が紅潮し美しい顔が欲情に染まっていくのが手に取るようにわかった。

（でもこれは《魅了》じゃない……）

誘惑、だ。

唇を尖らせゆっくりと瞬きをする。

「……エルベルト、……さま？」

普段のジルダだったらこんなあざとい真似はしない。

でも、エルベルトが絶対的に自分を愛しているという自信が、ジルダの中に満ちていた。

（今だったら、なんでもできそう……）

全能感を味わうジルダだったが、それとエルベルトの性欲は別問題である。とうとう理性の糸が切れたエルベルトはベッドにジルダを押し倒した。

「きゃ!?」

粗末なベッドはギシリと軋み、悲鳴を上げる。

グレーテとジルダ、小柄な女性二人ならなんとか受け止められるが、勢いのついた若い男女となると事情が違う。

ベッドに負荷をかけすぎると危険であることをエルベルトに伝えようと口を開くが、エルベルトはそれを難なく塞ぐ。

「ん、んんっ、あの、待って……エル……っんー！」

「ジルダ……、もう無理だ、我慢できない……っ」

ジルダに覆い被さり息をも盗むように激しく口付けをしたエルベルトの手は、ジルダの柔らかなふくらみを揉んだ。

「は、……あっ」

乱暴ではないが、逸る気持ちを抑えられないのがよく表れている。

味わうよりも貪るような指の動きにジルダは翻弄されてしまう。

エルベルトの指が服越しに乳嘴をとらえ、痺れるような感覚がジルダの腰を這った。

何度もそこを行き来されると、乳嘴は服の上からでもわかるほど立ち上がってきた。

服の上から摘まれるとひどくもどかしくて、ジルダは腰をくねらせる。

「はぁん……っ」

甘い声が漏れてしまったことに恥ずかしさを覚えたジルダが気を引き締めようと唇を引き結ぶと、エルベルトの手が下がり太ももを撫でた。

「ひえ……っ？」

大きな手のひら全体でゆっくり撫でられると、皮膚がぞわぞわと粟立つ。

「直に触れたいから……、いい？」

低い声が耳朶を打つ。ついでにはあ、と熱い息を吹きかけられてジルダの思考は蕩けてしまう。

エルベルトの言葉をよく理解しないまま頷いたジルダは美しい顔が破顔したことが嬉しくて胸がいっぱいになる。

だが、そんな顔の下でいたずらな手が服の紐をほどき、太ももからスルスルと上がってくるのを知ると、途端に焦りを見せた。

「あっ、待って、そんな急に……っ」

エルベルトの手が下着の紐にかかったとき、ジルダは紐を引かれる覚悟したのだが、その覚悟をよそに、手は臍《へそ》を越え一気に胸へと到達した。

「ひゃああ!?」

つまりジルダの着ていたワンピースはすべて胸元まで捲り上げられた状態である。

さすがにこれは恥ずかしいと感じたジルダはじたばたと身動ぎをするが、エルベルトは釣り上げた小魚が跳ねた程度にしか気にしていない様子だ。

流れるように暴れるジルダの両手を封じると、片手で頭の上でひとまとめにしてしまう。

「ふふ、まあ、この服だとこうなってしまうよね。この服ももうちょっと胸元が開いていたら引き下げて愛してあげられたのだけど」

言いながらもう一方の手で胸の飾りを摘まみ、くにくにと捏《こ》ねまわす。

「あっ、はぁん！」

甘い声と共に身体が戦慄く。赤く熟れた胸の蕾がひりつくようだ。

「ああ、片手が塞がっているから両方を満足させられずにすまない。すぐこっちも寂しくないようにしてあげる」

そう言うと屈んでぱくりと乳嘴を口に含んでしまう。

「ひゃ！」

あたたかい口内に招き入れられた乳嘴は舌で舐られ転がされる。

反対も指で同じように捏ねられて、耐えがたい官能がジルダの背筋を急速に駆け上っていく。

「ひぁ、あぁ……っ！」

思わず身体ごと仰《の》け反《ぞ》ったことで、ジルダを拘束する腕がはずれたが、それに気付かないほどにエルベルトの愛撫に蕩けていた。

「ジルダはとても感じやすいから、もう極まってしまったかな？」

しっとりと汗ばんだジルダの身体を優しく撫でながら、エルベルトはジルダの服を脱がしていく。

両手を上げた姿勢はワンピースを頭から脱がすのに非常に都合がよかった。

ジルダはまだ朦朧《もうろう》としているようで抵抗は見せない。

簡単な胸当てと紐で結うだけの下着姿になったジルダが喉を仰《の》け反《ぞ》らせて官能に喘ぐ姿に、エルベルトはごくりと喉を鳴らす。

「は、……何度も抱いたというのに、まだこんなにも強く興奮するなんて」

エルベルトはごくりと生唾を呑みながら自ら上着を脱いで放り投げる。次いでクラバットを解きながらベストのボタンを外す。

シャツのボタンを外すのももどかしげにしているエルベルトを、ジルダは夢を見るようにぼんやりと眺めていた。

「……素敵。エルベルト様は服を脱ぐ姿さえ素敵だわ……」

ぽそりと小さく呟かれたその言葉を、エルベルトは聞き逃さなかった。

目を細めてジルダを見つめるとシャツを脱ぎ去ったエルベルトが口角を上げた。

「その素敵なものが、すべて君のものだよジルダ。私の身体も、魂さえも……」

トラウザーズの前を寛げたエルベルトは見せつけるように昂りきった雄芯をジルダに晒す。切っ先は天を突くように反り返り、透明な涎を垂らしている。

「あ……」

すでに恥ずかしがる間柄ではないが、ジルダはそれでも顔が熱くなるのを止められなかった。

(ああ……っ、エルベルト様……もうあんなに大きくなさって……!)

見覚えのあるはずのそれがいつにも増して大きな存在感を持って眼前に現れたことに、ジルダは高揚感を覚えた。

普通なら怯んでもいい状況である。

顔から切り離して考えれば、エルベルトの陽物はか弱い女性には凶器に値するだろう。

しかしそれすら今のジルダには甘い疼きとなった。

(はしたないことだとわかっているけれど……、わたし、待ち遠しくておかしくなりそう

……っ）

　すでにジルダの脚のあわいはしとどに濡れて蕩けている。すぐにでも長大なエルベルトの雄芯を受け入れられるだろう。

　しかしエルベルトは丹念にジルダを味わった。

　しつこいほどに舐られ、痛いほど立ち上がった乳嘴を指で弾かれ身悶えるジルダを、エルベルトは実に楽しそうに見つめる。

　まぐわいに必要なさそうな脇腹や臍《へそ》をゆっくり撫でられくすぐられると蜜洞が反応してしまう。ジルダは特に下腹を押さえられると覿面《てきめん》に感じる。

「あっ、押さないで……っ」

　押されている場所は、エルベルトを受け入れる器官の真上。腹の上から触れられただけで勘違いしてしまうほどに、ジルダのそこはエルベルトを求めていた。

「ふふ……、ジルダが可愛らしくてたまらないよ。意地悪してごめんね」

　エルベルトは長い指を下へゆっくり移動させ、ジルダを煽る。

　彼にとっては薄い腹がヒクヒクと痙攣しているのすらひどくそそるようで、まるで獰猛な捕食者のように舌なめずりをする。

「あ、あぁ……っ、エルベルト様……っ」

　彼の器用な指が下着の中に侵入し淡い下生えをくすぐり、蜜をまとった秘裂をなぞる。

ふくらみかけた秘玉を引っかけるようにして弾くと、細い身体が大仰に跳ねた。

「ひっ！　はぁ……ん！」

「ああ、ジルダのここ……、可哀そうにまるで怯えているように震えているね？」

秘裂を濡らす蜜を指で掬い上げ優しく触れるが、ジルダにとってそれは雷が全身を駆け巡るような衝撃だった。

「ひ……！」

びくん！

激しく身体が戦慄いたジルダは、感じすぎているのが恥ずかしくて顔を隠すが、エルベルトは笑みを深める。

「刺激が強すぎたみたいだね。じゃあ、こちらで愛してあげよう」

こちらとは？　と不思議がるジルダが顔を上げると、おもむろに彼女の下腹に顔を伏せ舌を出すエルベルトが目に入る。

「あっ、おやめください……エル……は、ぁん！」

制止の声も虚しく、エルベルトは下着をずらし強引にジルダの慎ましい秘玉を口に含んでしまう。

柔らかい唇で甘く食まれ、先端を舌で優しく舐められると身体が官能の高みに強く押し上げられた。

むき出しの神経に直接舌で触れられたような衝撃はジルダから言葉を奪った。

「あ……、あぁ……っ！」

ガクガクと身体が震え、額の上で火花が散るような感覚には覚えがあった。

(わたし……、極まってしまった……？)

ハアハアと荒い息の中でなんとか口の中にたまった唾液を飲み下す。しかしすぐにさきほどの感覚が再びジルダを襲う。

「ひあ、……待って、待ってくださ、……ん、んん～～っ！」

優しく鞘《さや》を剝《む》かれ見せつけるように舐め、視線をジルダと合わせるエルベルトは壮絶なまでの色気を放っていた。

「エ、エル、ベルトさ、……ま……っ」

「ジルダ、君の蜜は甘くてクセになりそうだ」

腰が抜けたようになったジルダに微笑みかけると、蕩けきった蜜洞に指を差し入れた。

「ひぅ……っ！」

さして強い抵抗もなくエルベルトの指を飲み込んだジルダの隘路は嬉しそうにキュウキュウとエルベルトを締めつけた。

「なんて心地よさだ……あたたかくて、この締めつけ、たまらないよ……」

「あっ、あぁ……っ、い、ぁ……っ」

エルベルトの指は的確にジルダの弱いところを攻めた。三ヶ月の空白期間などなかったような正確さでジルダをまた高みへと引き上げていく。

「あっ、あっ！　ダメ、来ちゃう……っ」

いつの間にか二本入った指がぐちゅぐちゅと淫らな水音を立てて鼓膜を侵す。蜜洞をまるで男根のように抽送すると、腹側の奥をトントンと押される。

「ひぃん！　本当に……来る……っ」

エルベルトの指をぎゅううう、と食い締め息を詰めたジルダは、そのまま極まる一歩手前までいったのに、急に快楽の源《みなもと》の指が引き抜かれ、間抜けな声が出た。

「ふあ……っ、あっ……え？」

まるでくしゃみの精が途中でいなくなってしまったような収まりの悪さにぽかんと口を開けると、エルベルトが蕩けそうな視線でジルダを見た。

「まだだよ、ジルダ。君をイカせるのは指なんかではない」

ハッとしてエルベルトと合わせた視線が、そのまま下へ向き羞恥に染まる。そこには昂りを隠そうともしないエルベルトの肉茎が、大いなる存在感を誇示していた。

「あっ、エルベルト様……っ」

大きな手でゆっくりと自身を扱《しご》くと先端にぷくりと雫が浮き、垂れて指を濡らす。

ぬちぬちと淫らな音とともにエルベルトの雄芯がまたたくましく身動ぎをするのを見て、

ジルダは生唾を呑んだ。

（ああ、またエルベルト様と肌を重ねることができるなんて……っ）

もう二度とないと思っていた機会が、まさかとどめとなるはずの手紙を投函し終えたあとに訪れるなんて、想像もしていなかった。

ジルダは神に感謝し敬虔《けいけん》な気持ちになったが、すぐに快楽に押し流されてしまう。

エルベルトの昂りがジルダの下着の上から擦りつけられたのだ。

「ひあ……っ」

先ほどのエルベルトの先走りよりもはるかに淫らな音がして、ジルダは声を上げる。薄布越しに熱く固いものの存在を色濃く感じ取った蜜洞が招くように蠕動《ぜんどう》する。

その浅ましくも正直な動きが恥ずかしくて仕方がない。

ジルダが顔を赤くするとエルベルトが嬉しそうに目を細める。

「ジルダ、可愛い……もっと愛してあげたくなってしまう」

エルベルトはジルダの腰の脇にある紐をほどいて下着を抜き取ると、蕩けきったあわいに雄根をゆっくりと沈めていく。

「あ、あぁ……っ」

しばらくぶりの交合に、ジルダの身体は歓喜した。

エルベルトがもたらす快楽と、これから来るだろう快楽への期待がジルダの中で渦巻く。

「ジルダ……っ」

　エルベルトが掠《かす》れた声でジルダを呼んだ。その声には明らかな愉悦が滲んでいて、ジルダの心を揺らした。

（エルベルト様が喜んでくださっている……っ）

　中ほどまで突き入れて入り口までゆっくりと引き、また突き入れるエルベルトにジルダは翻弄された。

　指と同じように弱いところを的確に刺激されるものの、それは意識が飛ぶようなものではなく。エルベルトに穿たれながらも、ジルダは気持ちよさの中に満たされなさを抱えていた。

　エルベルトが与えてくれるものは確かにジルダを高揚させてくれているのに、なにが『物足りない』のだろう。

（なんてこと……っ、物足りないだなんて！）

　自分の無礼極まりない考えを、首を振って打ち消そうとするが、しかしその考えは消えない。エルベルトが腰を引いて浅いところを刺激し始めると、ジルダはその物足りなさの正体に気付いた。

（奥、エルベルト様は奥まで来ていないんだわ……）

　エルベルトの屋敷でまぐわったときは、鏡の間で何度も奥まで暴かれた。

ジルダもエルベルトも食事を忘れるほど夢中になったあの甘美なまでのひとときとは違い、制限されたものを感じる。

(もしかして……エルベルト様気持ちよくないのかしら)

思い出は美化するという。

会えないと思うと、想いはより高く強く燃えあがるものだ。

三ヶ月の空白期間、エルベルトはジルダを求めてくれていたのだろう。

それはとてもありがたいことだが、こうして再会した今手にしたものが『そうでもなかった』のかもしれない。

もちろんジルダも、自分がエルベルトにとってなにものにも代えがたい存在だとは思っていない。

しかし恋焦がれたエルベルトにそうでもないと思われてしまうのは悲しかった。

(好かれなくてもいい……今日が最後ならエルベルト様に気持ちよくなってほしい……！)

ジルダは泣きそうな自分を叱咤して、下腹部に力を込める。

そうすると中で行きつ戻りつしていたエルベルトが低く唸る。

「あっ、すみません。痛かったですか？」

必要以上に締めつけてしまったのかと思ったジルダが気をつかって見上げると、エルベルトは眉間にしわを寄せながらもひどく幸せそうに目を細める。

「気持ちよくて、あまりこらえられそうもない……っ」

エルベルトの額に浮かぶ汗を認めたジルダは気持ちが揺らいだ。

こんなに気持ちをまっすぐに伝えてくれるエルベルトが「思っていたのと違う」とジルダの身体だけを味わってそのあと簡単に放り出すだろうか？　いや、エルベルトはそんな人物ではない。

ジルダは所在なげにしていた脚をエルベルトの腰に絡めた。

「ジルダ!?」

驚いたような声を上げるエルベルトはジルダの中で大きく脈動した。ジルダが脚を絡めたことで下腹部がより密着して中が締まったのだ。

「エルベルト様に……気持ちよくなってほしくて……っ」

ずくずくと疼く隘路を宥めるように、ジルダはゆっくりと腰を動かす。エルベルトの雄芯を撫でるようにすると、エルベルトが再び唸った。

「ぐ、……待ってくれジルダ。そんなことされたら……」

声に明らかな艶を感じる。

ジルダはエルベルトを気持ちよくできたことが嬉しくて肩を竦めるが、エルベルトにしたら嬉しいどころの話ではなかったらしい。

狭い小屋の中の空気がすべて入れ替わったような気がした。

「……っ、ジルダを怖がらせないように、傷つけないように、……していたというのに……そうか、ジルダは物足りなかったんだね？」

ぞわ。

低く地を這うような声に、ジルダの背筋が凍った。

（……あれ？　もしかしてわたし、間違った？）

なんとか言い繕おうとしたジルダだったが、時すでに遅し。

ジルダの細い腰を摑んだエルベルトが一等深く腰を突き入れてきた。

「ひぁあ！」

覚えがある違和感にジルダの蜜洞がキュウ、と鳴く。

先端がもうこれ以上は無理というところにまで届いている。

ビリビリと全身が痺れたようになり、少し遅れてとんでもない快楽の波がジルダを襲う。

「ああ、やはりここが一番好きなんだね、ジルダ。遠慮しないで最初から突いてあげればよかった」

ごめんねと優しく言うエルベルトだったが、その行動は真逆だ。

膝立ちになって強引にジルダの腰を持ち上げ力強く突き下ろす。ジルダの背中はベッドから浮いて肩で身体を支えている状態だ。

「あっ、待って……ふか、いぃ……っ」

不安定な体勢で奥まで刺し貫かれながら、膣壁をぐりぐりと捏ねられる。

途端に快楽に従順な身体が戦慄いてエルベルトを食い締めた。

「ひあ……っ、だめぇ……っ」

「ジルダ……っ」

耐えきれずに激しく収縮した蜜洞の刺激でエルベルトが胴震いすると、ジルダの中に吐精する。

びゅくびゅくと白濁した熱情が胎《はら》を満たしていく感覚をジワリと味わいながら、ジルダは全身から汗が噴き出すのを感じた。

（ああ、……エルベルト様が、中に……）

膝立ちになっていたエルベルトが弛緩して腰を下ろしたため、それに応じてジルダの背もベッドに着地できた。

気持ちよくなってくれたのだと嬉しさが込み上げたジルダは上体を起こす。

鏡の間で情を交わしたときは行為が終わるたびに抱き締めキスしていたため、当然そういう流れだと思ったのだ。

しかし顔を上げたエルベルトの瞳はまだぎらぎらと欲望を滾らせている。おかしいと思ったジルダはすぐに下腹部の異常に気が付いた。

（な、萎《な》えていない……!?）

いやそんなはずはない。確かに吐精したはずだ。

ジルダは胎でエルベルトの情熱の迸《ほとばし》りを受け止めた感触を覚えている。

たった数秒前のことだ。だが、ジルダの中にあるそれはすでに確固たる意志を持ってむくむくと鎌首をもたげている。

「あ、あの……？」

不安そうなジルダの声に顔を上げたエルベルトは、目を細め口角を上げた。

それは一般的に笑顔と言われる類の表情で間違いなかったが、ジルダは血の気が引いた。

彼女の中のエルベルトが萎えるどころか完全に臨戦態勢になったからだ。

「うん、安心してくれジルダ。これで終わるつもりはないから」

まだまだイケる、と爽やかに言いきったエルベルトは、ジルダの片足を開かせて高く掲げた。

「ひゃああっ？」

体勢が変わり、違うところを刺激されたジルダは思わず声を上げる。

間抜けな声が気に入ったのか、エルベルトは機嫌よさげに片眉を上げた。

「奥だけではなく、別のところを突いてあげる。きっと気持ちいいよ？　もっと私に君を愛させてくれないか」

そのキラキラしい美貌に否を突きつけるような無粋なことを、ジルダはできようもなかった。

三ヶ月前のように……いや、下手をするとそのときよりももっと深く長く交わったジルダとエルベルトは次の日すっかりと寝過ごし、「おやまあ」という声で目が覚めた。

「……っ！　おばあちゃん！」

バチ！　と音がするほどの勢いで上瞼と下瞼が生き別れになり、ジルダはさしてないはずの腹筋を最大限使い起き上がる。

「あの、ごめんなさい、でも違うの！」

「なにが違うんだい。鬼婆のいぬ間に男を引き込んでまあ……」

声は多分に呆れを含んでいたが、その瞳は優しかった。

もしかしたらベッドの中の男が、ジルダの想い人のエルベルトだと気付いていたのかもしれない。

「いいからまず服を着な。あたしだって夜遊びしてきた帰りなんだから、怒りゃしないよ」

グレーテは手をひらひら振ると小屋から出ていった。

小屋は狭く身を隠す場所がないため、エルベルトが身なりを整える時間をくれたのだ。

「エ、エルベルト様……起きて、起きてください！」

「……うう、ん……っ、ジルダおはよう……好きだよ……」

肩を揺するジルダに腕を回して抱き込もうとするエルベルトを、なんとか起き上がらせる。

「ジルダ、まだ朝も早い時間だろう？　もう少し一緒に……」

寝ぼけているのか、まだとろんとした顔をしているエルベルトにジルダは脱ぎ散らかした服を集めて放り投げる。

「出掛けていたおばあちゃんが帰って来てしまったので……急いで服を着ていただきたいのですが……！」

「なに？」

ジルダの言葉に一気に眠気が吹き飛んだのか、エルベルトの顔がしゃっきりとする。完全に目が覚めたらしい。

「昨日は出掛けていて……すみません、うっかりお話しするのを忘れていて」

とりあえず服を身につけてもらうことに専念する。

女性用と違ってひとりでも着られる服ではあるのだが、貴族の服はボタンや留め具が多いのでちゃんと着るには時間がかかってしまう。

「あの、身を清めるお湯はあとで準備するので……」

「いや、寝ぼけていてすまない。いつもはこんなではないのだが、ジルダと会えて気が緩んだようだ」

珍しく焦った様子のエルベルトは、シャツとトラウザーズを身につけると手櫛で髪を整えた。

本当に最低限の身なりを整えただけなのに、朝日に照らされたエルベルトはまるで宗教画の聖人のような美しさにあふれていて、ジルダをぼうっとさせた。

「はっ！　いけない……！」

外にグレーテを待たせていることを思い出したジルダは、自分も下着を身につけると脱ぎ散らかしたワンピースを頭からかぶる。

その勢いのまま髪をひとまとめにすると、扉を開けて外へ出る。

「おばあちゃん……！」

グレーテは小屋の外に置いてある丸太に座り、にやりと唇を歪ませた。

「はは、可愛い孫が女になったねえ」

面構《つらがま》えが違うと笑うグレーテに、エルベルトが頭を下げる。

「初めてお会いする機会がこんなことになってしまい、申し訳ありません。私はエルベルト・ダヴィア――」

自己紹介しようとするエルベルトを、グレーテは顔をしかめて手を振る。

「ああ、そういう堅っ苦しいのは苦手だよ。あたしは世の中のくびきからはずれた姿だからね」


さりげなく際どいことを口にしたグレーテにジルダが緊張した。

それを敏感に感じ取ったエルベルトが、にこやかさの中に戸惑いを見せる。

どうやらただの自己紹介では終わらなそうな空気に満ちた。

「お祖母様、それはどういう……」

エルベルトが慎重に言葉を選んでグレーテに問いかけると、彼女は鋭い視線を向ける。

「ジルダはね、僅かだが人ならざる者の血を引いているんだ。お貴族様なら混血は避けたいだろう？」

「おばあちゃん！」

最大の秘密を暴露してしまったグレーテに、ジルダは悲鳴のような声を上げた。

それはジルダが一番隠しておきたかったものだ。

「人、ならざる者……」

エルベルトが小さく呟いた。

その声にはエルベルトに不釣り合いな恐れが混じっていたように感じられた。

（そういえば前にそのようなことを聞いたような……）

悪魔が恐ろしい、もう会いたくない。

屋敷の鏡の間でエルベルトがそのようなことを言っていたことを、ジルダも覚えている。そのときはなにかの比喩だと思っていたし、状況がそれどころではなかったので聞き流したが、今はそういうわけにはいかない。

人ならざる者の代表格は『悪魔』である。

邪悪で、人を堕落《だらく》に導き、そして誘惑するもの。

僅かとはいえ、その系統をくむ存在のジルダは、身が縮む思いだ。

「エルベルト様、そういえば悪魔に会ったことがあるって……」

「ああ、幼い頃に……誘拐されて、その犯人が悪魔のように恐ろしい男で」

エルベルトの顔色が悪いのを心配したジルダは、家の中に入るように促し、三人はベッドと椅子に別れて座る。

ジルダが淹れた薬草茶で唇を湿らせながら、エルベルトは淡々と誘拐事件の顛末と、その影響で鏡がないところでは眠れないことを語った。

「……恥ずかしながら未だに克服できなくてね」

「そんな！　それほど恐ろしい目に遭ったのですから、当然です！　あれ、でも昨日は……」

この粗末な小屋に、鏡と言えるものは手鏡しかないのだが……と言外に伝えるジルダにエルベルトは顔を上げた。

その表情は驚きに満ちて『今気が付いた』と言わんばかりだ。

「……いや、眠れないどころか今までになく熟睡できた気がする」

確かに屋敷の鏡の間にいるときもエルベルトは、ジルダよりも遅く寝て早く起きていたと記憶している。

それが今日はジルダが起こしても寝ぼけた様子だった。

「山登りで疲れていたと言っても、そこまでの疲労ではなかったのに……ジルダがいてくれたおかげだろうか」

熱い視線を送ってくるエルベルトを避けるようにして、ジルダは顔を伏せる。

まるでジルダとの熱い夜は、山登りよりも消耗したと言っているように感じられたのだ。

「そうだ。鏡……ジルダは鏡に映るではないですか？　人ならざる者とはいったい……？」

核心に迫るエルベルトをもはや誤魔化《ごまか》すことはできない。

ジルダは項垂れたまま息を吐いて気持ちを落ち着かせた。

「……わたしはわずかに淫魔の血を引いているようなのです。母が他界しているので詳しいことはわからないのですが……おばあちゃんも本当のおばあちゃんではなく淫魔の血を引く一族のいわば先達で……」

「血を引くと言っても、ごくわずかさ。お前さんは鍋いっぱいの水の中に一滴薬湯が混じったところで判別できるのかい？」

それくらい薄いのだと告げるグレーテに、エルベルトはすぐに反応を返さない。

口許を手で覆い、忙しなく視線を彷徨わせている。

(戸惑っているわよね……そうよね……)

鏡の間のような特殊な場所でしか眠ることができないほどに悪魔を忌避《きひ》しているエルベルトに、一滴だろうと悪魔の血が混じったジルダを許容できるとは思えない。

余計に彼を悩ませてしまうのなら、最初から正体を打ち明けておけばよかった。

罪悪感に苛《さいな》まれていると、エルベルトが顔を上げた。

「いや、ジルダに淫魔の血が混じっていたとしても、私はジルダを手放すことはできない。ジルダは私が知る中でもっとも清らかで純粋な女性だ」

口に出したことで余計に気持ちが定まったのか、エルベルトは揺るぎない視線をジルダに向けてくる。

その場しのぎではない確かな誠意を感じて、ジルダの涙腺が徐々に緩んでいく。

「エルベルト様……っ」

今すぐに彼の胸に飛び込みたい衝動に駆られるが、そこはぐっと唇を噛んで我慢する。

横ではグレーテが我慢することないのに、と言いたげな顔をしてため息をついた。

「一応言っておくが、ジルダは淫魔の血を引くからといって特殊な力はないからね。神様だって許したもうた立派な命さ」

「ええ。ジルダに比べたら王城に巣食う腹黒貴族のほうが、よっぽど邪悪です」

グレーテとエルベルトは意見の一致を見たようで一件落着の顔をしているが、ジルダはそう楽観的にはなれない。

由緒正しいダヴィア公爵家に、自分が原因で騒動が起こっては大変だ。

平民であることすら問題なのに、それに加えて淫魔の血を引いているなど、血統を重んじる大貴族が受け入れられるとは到底思えない。

ジルダは慎重にならざるを得ないのだ。

「あの、でも……妊娠もしていませんでしたし、エルベルト様はもっと慎重に……」

常識的で良心的な発言であると自覚していたジルダを、エルベルトは一蹴した。

「今まで慎重に慎重を重ねて、そして出会ったのが君だよ、ジルダ。私には君以外の女性は考えられない。それよりも重要なのは、君が私を求めるのにいったいなにが障害になっているのかということだ」

美しい緑の瞳に揺るぎない意思を感じる。

ジルダが自分に心を寄せることに疑問を持ってもいないようなエルベルトの言葉は、まっすぐすぎて恥ずかしいほどだ。

「エ、エルベルト様……」

グレーテもいるのだから少し抑えめにしてほしいと思うジルダだったが、グレーテはまったく気にしていない様子だ。

ずず、と音を立てて薬草茶をすすると「で？」と続きを促す。

「お前たちはこれからどうするんだい？」

「私はジルダと結婚して、ジルダを生涯愛し続けます」

エルベルトがまったく考えずにするりと発言したことにジルダは目を剝いた。

（す、少しは考えてくださいエルベルト様！）

平民であるジルダにしがらみなどはないが、大貴族――しかもかつては一国の王であったダヴィア公爵の後継ぎであるエルベルトは、もっと慎重に悩まなくてはいけないはず。

大きな戸惑いの中にいて、しかしジルダは確かな喜びを感じていた。

こんなふうにエルベルトの心の中に自分の存在が刻み込まれていることが、嬉しくて仕方がないのだ。

「ふん、まんざらでもない顔して……まあ、いいさ」

グレーテはよっこらしょと気合を入れて立ち上がると、ガラクタを適当に積んである小屋の片隅からなにやら発掘すると、エルベルトに向かって放り投げる。

危なげなくそれをキャッチしたエルベルトは、手の中のものをまじまじと眺めた。

「これは……不思議な色の石ですね？」

親指の先ほどの大きさの塊《かたまり》は乳白色だが、ただ濁《にご》っているというよりは霧を集めて固めたような、神秘的な雰囲気を醸《かも》し出している。

「誰かから大昔にもらったんだが、悪魔の話を聞いて思い出したよ。その石は悪魔の持つ魔力に反応して熱を持つんだ。首から下げておけばお守りになるじゃろ」

「おばあちゃん……！」

グレーテの粋な贈り物にジルダは胸が熱くなる。

だが瞳を潤ませたジルダにグレーテは厳しい目を向けた。

「この兄ちゃんの覚悟は聞いたけどね、肝心のお前はどうなんだい、ジルダ。あんたはどうしたいと思っているのさ？」

「えっ、わたし⁉」

ジルダは急に自分に話が振られて動揺した。

視線を彷徨わせると、食い入るようにジルダを見つめているエルベルトと目が合ってしまい、慌てて逸《そ》らす。

（え、ど……どうしよう……っ）

エルベルトの期待に満ちた視線は明らかにジルダの『わたしもエルベルト様のことを愛しています……っ、結婚します……！』という発言を期待しているように見える——間違いない。

(うう、そんな大事なこと、今決めなきゃダメなの？)

ジルダの願いは決まっている。

――エルベルトと共に幸せな家庭を築きたい。

ジルダは母親の記憶もうっすらとしか残っておらず、父親のポジションはまったくもって空白である。

ゆえに人一倍家庭への憧《あこが》れが強いのだろう。

だが、切ないくらいに寂しい気持ちにならずにいられたのは、ずっとグレーテがいてくれたからだ。

本当の血の繋がった祖母だと思っていたため、まさかこの年になって実は違うというどんでん返しを食らうとは思ってもいなかった。

エルベルトと一緒になるには難関が多い。

クラウゼンが言っていたように、ジルダには貴族としての素養が皆無だ。

たとえ許されダヴィア家の嫁となったとしても、周囲の厳しい目に晒されて無事でいる自信はジルダにはなかった。

きっと『自分はエルベルトに相応しくなかったのだ』と泣いて消耗して、エルベルトを愛しているという気持ちだけでは重圧に耐えられず、跡形もなく消えてしまうだろう。

エルベルトもそんな情けないジルダに愛想をつかすに違いない。

ジルダは自分がそれほど前向きな性格ではないことを改めて思い知る。

「ジルダ？」

エルベルトの優しい、しかしどこか圧のある視線を感じてジルダはもじもじと身動ぎをする。

決心がつかない。そう表情に出ていたのだろう。

エルベルトは困ったように眉を下げながらも口角を上げて微笑んだ。

「そんなところも好きだよ。答えはゆっくり出してくれればいい……私の隣で」

「……っ」

エルベルトが、ジルダのどこを指して『そんなところ』と言っているのかわからなかったが、ジルダは彼の優しさに甘えることにした。


結婚云々はさておき、エルベルトから今一度屋敷に来てほしいという懇願を受けたジルダは、悩みながらその申し出を受けることにした。

グレーテは海に行けなくなったことを愚痴りながらも、ジルダがそれを望むならと快く送り出してくれた。

エルベルトはグレーテもジルダの身内として一緒に屋敷へ来てほしいと頼んだが、グレーテは思いっきり顔をしかめ「堅苦しいのは苦手だって言っただろ？」と断固拒否した。

グレーテに別れを告げ山を下りながら、ジルダは気になっていたことを尋ねる。

「手紙には地名すら書いていなかったのに、どうしてここにいるとわかったのですか？」

そもそもあの山小屋の場所には住所も割り振られていないだろう。

ジルダは首を傾げた。

王都からここまでほとんど山の中を移動していたため、足跡を辿ることはできなかったはず。そして山小屋は村の人間でさえ忘れているようなさびれたものなのだ。

ジルダは追手がかかることをある程度想定して、注意を払って移動していた。それなのにどうして手紙からここを割り出すことができたのだろう。

エルベルトは訝しむジルダの手を握りながらなんのことはない、といった軽い調子で種明かしをする。

「手紙の配達された道筋を逆に辿っただけさ。最後に行き着いた雑貨屋に聞いたら『ジルダって、あのピンクブロンドの可愛い子だろう？』って言われたから」

そのあとは周辺を聞き込み、老婆と一緒に住んでいるらしいことを突き止め、グレーテ馴染みの薬屋で話を聞くと山小屋に住んでいることが知れた。

山に詳しい猟師を紹介してもらい、件の山小屋までのルートを確保した……口で説明するのは簡単だが、田舎に行けば行くほど外の人間を警戒し口が重くなる。

つまりは情報が入りにくくなるというのに、エルベルトは難なくやってのけた。

誠実な人柄のなせる業《わざ》だ。

ジルダはエルベルトに感服し、そしてなによりも勝手に逃げたジルダを探してここまで来てくれたことを喜んだ。

「すみません……余計なお手間をかけさせてしまって」

「いいや、私がジルダに逢いたかったからいいんだ」

エルベルトが繋いだ手を強く握った。

ジルダの心はそれだけで温かく浮足立つのに、心のどこかではやはり申し訳ないという気持ちが捨てきれなかった。


「エルベルト様！」

街の宿屋で待機を命じられていたらしいクラウゼンが声を上げる。

その声にジルダはビクリと肩を揺らす。

三ヶ月前屋敷を去ったときの、クラウゼンの冷たい視線と言葉がまだ耳の中に残っているようだった。

納得して金を受け取ったジルダが、なにもなかったように舞い戻りエルベルトの隣にいることは、クラウゼンにとって耐えがたいことだろう。

（有頂天になっていて、すっかり忘れていた……っ）

ジルダが金のことを忘れていたとしても仕方がない。

手切れ金としてもらった金貨は、ほとんどを教会と孤児院に役立ててほしいとウーヴェに寄付した。

少しだけ手元に残した金も旅の間にほぼなくなったため、もらったことすらジルダは失念していたのだ。

「あ、……あの……」

クラウゼンにどう言い訳をしたらいいのか、まるで考えていなかったジルダは冷や汗をかいて言葉を閊えさせる。

「エルベルト様、ご無事でなによりでした……ジルダ様も」

「え？」

クラウゼンはすぐにエルベルトに首を垂れたが、それは隣にいるジルダに対してもそうされているような錯覚を覚えた。

（まさか、そんなわけない。でも、さっき『ジルダ様』って……）

クラウゼンはジルダに対してそのような敬称を使うことがなかったのに。

なにかがおかしい気がしてもじもじしていると、エルベルトに腰を引き寄せられる。

「すぐに風呂の準備を頼む。そのあとに食事だ」

「かしこまりました」

「え？　ええ⁉」

ジルダが戸惑っているうちに話はどんどん進んだ。

エルベルト一行はこの宿屋の一番広い部屋を拠点にしているらしく、そこに大きな猫足のバスタブが運びこまれる。

ジルダが目を白黒させているうちに、宿の従業員だろうか、次々に湯気の立つ桶を持ってきてバスタブにお湯を満たしていく。

「あの、わたしも手伝います……」

エルベルトが入る風呂ならば、と腕まくりをするジルダに、エルベルトは目を瞬かせる。

そして静かに首を振ると諭《さと》すように言う。

「ジルダ、これは宿屋の仕事で君は客だ。君が人を思いやる気持ちは尊いものだが、職分を侵してはいけないよ」

「は、はい……」

ジルダは己の考えが浅いことを恥ずかしく思い、身体を縮める。

宿屋では当然の仕事らしく、風呂の準備はあっという間に完了した。

最後に大きな衝立《ついたて》が風呂の前に立てられ、着替えやタオルなどが準備される。

「では、わたしは席をはずしていますね」

いくら衝立があるとはいえ、エルベルトが風呂に入っている部屋に居続けることはできない。

ほんのりと頬を染めて立ち上がったジルダの手を、エルベルトが摑んだ。

「どこへ行くの？　せっかく風呂の準備が整ったというのに」

「え」

エルベルトの言葉を合図に、部屋に出入りしていた侍従たちがすす、と部屋を出ていった。

最後に退室したのは、まさかのクラウゼンである。

「あの、ちょっと……」

まさかこの流れはもしかして……とジルダが混乱すると、エルベルトがベストとシャツを脱ぐ。

「さあ、冷めないうちに入ろう」

(やっぱり二人で入るっていうこと!?)

抵抗は大いにあったが、それよりも温かい風呂に入りたい気持ちが勝った。

結局ジルダもエルベルトも、あのあと改めて身体を清めることをしないまま山を下りている。

気になるのは仕方がないことだ。

一応恥じらいと身分差を考えたジルダはエルベルトのあとに入ると提案したが、他でもないエルベルトによって却下された。

「私のあとでは湯がすっかり冷めてしまう。風邪を引いたら大変じゃないか」

もっともらしいことを口にするが、その表情は緩んでいる。

（……是が非でも一緒に入りたいということよね……）

結局エルベルトの求めに応じて風呂に入ることになったジルダだった。


「あの、あまり変なことはしないでくださいね」

扉の向こうに少なくともクラウゼンが控えているはずだ。

それでなくとも宿屋の壁は公爵邸よりも薄いだろうと思われた。

裸で狭いバスタブに二人で浸かって、なにもないはずがないとジルダは確信している。

「もちろんだ。あまり変なことはしない」

明らかに善人の顔をしたエルベルトに表情に、ジルダは言葉を間違えたことに気付く。

（ああああ！　『あまり』なんて言わずに『絶対に』と言えばよかったんだわ！）

エルベルトは紳士だ。

ジルダとの触れ合いが好きでも、本当に嫌がることはしない男だと知っている。

だが、『あまり』という表現をしたことで、ジルダが心底嫌がっていないことがエルベルトに伝わってしまった。

ジルダはジルダで、その行為をどこか待ち望んでいる自分がいることを自覚している。

(ああ、もうわたしったら本当にどうしようもない……！)

そう思いながらも、昂る気持ちを抑えられず、ジルダはごくりと喉を鳴らす。

「さあ、服はここで脱いで。あとで洗濯してもらおう」

エルベルトはこのような高級宿を使うことに慣れているのだろう。

手際よく服を脱いでかごの中に入れる。

ジルダも服を脱ごうとして、ふと顔を上げるとエルベルトの熱い視線に気付いた。

「あ、あの……？」

半裸のエルベルトが瞬きもせず見つめてくるのが恥ずかしくて、ジルダはなかなか脱げずにいると、エルベルトがため息をつく。

「はあ、美しい……ジルダは本当に美しいね」

「えええ？」

神の化身のような肉体を持つエルベルトからそんなことを言われるとは思わなかったジルダは、上擦った声を上げてしまう。

それなりに出るところは出て、引っ込むところは引っ込んでいるメリハリのあるプロポーションだと思っているが、ジルダはぷにぷにとした感触がどうしても気になってしまっている。

「で、でも肉がついているのでお恥ずかしいです……」

全身を覆う地味なマントのせいで身体つきについて言及されることがほぼなかったジルダは、エルベルトに身体のあらゆるところを見られ、触れられたのが初めてだ。

身体を繋げたときは鏡の間に驚いていたこともあり、恥じらう余裕すら持つことができなかった。

しかしいったん離れて冷静になった今、明るい部屋で一緒に風呂に入ろうと脱衣しているこの状況が、ひどく不埒で恥ずかしいことのように思えた。

「恥ずかしがることはないよ。ジルダは肉がついているのではなくて、肌が柔らかいのだ。それに君は軽すぎる。もっとたくさん食べるべきだ」

エルベルトはそう言うとジルダの服の紐の結び目を解く。

「えっ、あの、エルベルト様？」

どぎまぎと動揺を隠せないジルダにかまわず、エルベルトは口角を上げる。

機嫌がよさそうだ。

「はい、ジルダ。万歳して」

「えっ、ええっ？」

言われるがまま両手を上げると、エルベルトは幼い子供にするように、ジルダの服を頭から抜き去っていく。

「ふふ、ジルダは素直だよねえ」

「エ、エルベルト様ったら！」

このまま下着も脱がされてしまうのではないかと警戒したジルダだったが、エルベルトは下着を脱いで湯船に入るように言うと、ジルダに背を向けた。

「え、あの……」

戸惑うジルダにエルベルトは笑みをこぼす。

「なに？　もしかしてジルダは下着も私に脱がされたいの？」

「あっ、いえ、そんなっ！」

ジルダは慌てて下着を脱ぎ、たたんで隅に置くと勧められるままに浴槽に浸かった。

適温にしてくれていたようで、熱すぎない湯はジルダをじんわりと温めていく。

「っふわぁ――……」

思わず出た声にエルベルトが肩を揺らして笑う。

「さあ、髪を洗ってあげよう」

振り向いたエルベルトは手に石鹸を持っていた。

ジルダは固辞した。エルベルトにそんなことをさせるわけにはいかない。

しかしこのまま反対し続けるなら自分は風邪をひいてしまう、と半裸を盾に取られたジルダは最後には言い負かされてエルベルトに髪を洗われてしまう。

（もう、だからエルベルト様は半裸だったのね……策士だわ！）

嵌められたことにプリプリしていたジルダだったが、思いのほかエルベルトの手つきが優しく丁寧なことに、気持ちが解れていった。

「エルベルト様……どうしてこんなにお上手なのですか……？」

頭皮を揉み解すようにして洗われると、得も言われぬ心地よさがジルダを包む。

まるで王侯貴族にでもなったような極上の気分だ。

「お気に召したかな？」

湯で泡を流したエルベルトは、ジルダの濡れた髪をタオルで包むと落ちてこないように器用に端を中に折り込んで留める。

そしてようやく自身も裸になると浴槽に浸かる。

ジルダひとりなら大きいと感じたが、もともと二人用ではないのだろう。エルベルトが入ると狭くて身動きができなくなってしまう。

「ジルダ、狭いからこちらにおいで」

手招きされた、エルベルトの言う『こちら』とは、彼の股座である。エルベルトは自分にもたれかかるようにして、同じ方向を向いて浸かろうと提案している。

「え、あの……でも」

ジルダは躊躇った。

そこは落ち着くにはなかなかにハードルが高い場所だ。

もし服を着ていればそこ以上に安心できる場所はないだろうと思われる。

しかし全裸の状態ではその限りではない。

「……」

ジルダはしばし逡巡したあと顔を赤らめて立ち上がり、身体の向きを変えてエルベルトの前に座る。

「せ、狭いのならわたしが湯から上がるという手もあると思うのですが……」

そう言いつつ膝を抱えて背中を丸めるジルダは、耳や首筋までもが赤くなっている。

「うん、でもまだお互いに温まっていないだろうから」

もっともらしいことを言いながら、エルベルトは両手をジルダの腹に回して身体を密着させる。

お湯よりも低いはずの体温をあたたかく感じて、ジルダは身動ぎした。

「あの、変なことは」

しないんですよね？　と聞きかけてジルダは言葉を飲み込む。

腹に回されたエルベルトの手がいたずらに蠢《うごめ》き始めたのだ。

「変なことなんて、私がジルダにそんなことをするわけないだろう？」

当初の約束通り、エルベルトは変なことは『あまり』しないに違いない。ただ、その基準はジルダとエルベルトでは大きく異なるのだろう。

尻に感じる固い感触をどうしたらいいのかと考えながら、ジルダはごくりと喉を鳴らした。


なにもないとは言えなかった入浴のあと、準備されていたバスローブで過剰に火照った身体を包むと、その上からエルベルトに抱き締められた。

彼の身体も火照っていることが、バスローブ越しに伝わる。

「ああ、こんなところでなければもっと長湯したかったのに」

これは宿に不満があるわけではなく、壁の薄い場所で侍従たちを追い出していちゃつくことができないことへの不満であると思われた。

(それでもかなり……いちゃつきましたけれど)

ジルダは破廉恥《はれんち》な声を上げてしまわないように神経を使いながらの入浴に、すっかり疲《ひ》労困憊《ろうこんぱい》である。

火照る頬を押さえてなんとか落ち着きを取り戻そうとして、まだ雫の滴っているエルベルトの頭にタオルを被せた。

「エルベルト様、御髪がまだ濡れています」

背伸びをして柔らかなタオルで優しく水分を吸い取っていると、エルベルトは驚いたように声を上げる。

「君はいつもこんなふうに丁寧に髪を乾かすのかい？」

こんなふうに、とはおそらくタオルで丹念に水分を除くことだろう。

ジルダはいいえと首を振り、自分の頭を指差す。

「このようにしておおよその水気を吸い取ったら、あとは夜風に吹かれたりしています」

実際ジルダは王都の街でも山小屋でも、大きな浴槽などはなかった。

あったとしてもそれを満たすほど大量の湯を準備することが難しいため、普段は湯を浸したタオルで拭くか、川で水を浴びて簡単にすませていた。

髪は川からの帰り道、肩に流していれば自然と乾いてくれた。

そう説明すると、エルベルトは眉を吊り上げて恐ろしい形相になる。

「そんなことをしていて、危険はなかったのか！」

「え、ええ別に。王都と言っても、はずれもはずれのひとけのない一軒家ですし」

どうして怒られているのかわからず、戸惑っているとエルベルトは眉間にしわを寄せて唸る。

「ジルダがこれまで無事でいられたことは奇跡だな……」

しかしもうこれからは無理だ、と呟くとジルダの手を取りすたすたとバルコニーへ向かう。そこにある椅子にジルダを座らせると、自分は部屋の扉を開け、廊下で待機していたクラウゼンに風呂の始末を申しつける。

「なるほど、火照った身体に風が気持ちいいな」

ジルダの隣に戻ってきたエルベルトは、金の髪を風に遊ばせて気持ちよさげに目を細める。それはまるで一枚の絵のように美しく、ジルダの胸に迫る。

(ああ、こんな美しい方が存在するなんて……奇跡……っ)

思わず胸の前で指を組み、神に祈る。

どうかこれからもエルベルトが健やかでいられるように、と。

風呂のあとは食事が饗された。その際にエルベルトから翌日王都へ発つので今日はここで一泊すると説明を受ける。

了解の意志を伝えたジルダは少し考えてから表情を硬くした。

「……」

よく考えなくても、自分はエルベルトと同じベッドを使うことになるのだろう。

ジルダは頬が赤くなるのを感じて慌てて下を向く。

すでに周知の事実なのだが、いざ『そう』だということを眼前に突きつけられると開き直ることもできずもじもじとしてしまう。

ジルダは自分の気持ちが定まっていないことを情けなく思った。

(世の中の男女は、いったいどうやってこの気恥ずかしさを乗り越えているの!?)

年頃の友人がいたことがないジルダは、悶々と頭の中だけで堂々巡りを繰り返す。

そんなジルダの心中を知ってか知らずか、エルベルトはクラウゼンや他の侍従たちにテキパキと指示を飛ばしている。

食事のあと、エルベルトは屋敷に早馬を送るというので部屋を出ていった。

自分だけがすることがなく手持無沙汰になっていると、扉がノックされクラウゼンが顔をのぞかせた。

「今、よろしいでしょうか」

「は、はい」

かしこまった様子のクラウゼンに、ジルダも構えた対応になってしまう。

もとより親しい間柄ではないが、頼りにしたり、蔑《さげす》まれたりと感情が定まらないクラウゼンといると、心中穏やかではいられなくなるのだ。

「……」

「……」

話があるらしいのに、クラウゼンはなかなか話し始めようとしない。

催促をするわけにもいかず、ジルダは居心地の悪さを誤魔化すようにテーブルの下で手の甲を撫でる。

「……あなたは、エルベルト様に告げ口をしなかったのですね」

ようやく口を開いたクラウゼンが思いもよらぬことを話し始めたので、ジルダは目を剝いた。

「え、ええ?」

告げ口とはこれいかに。

なんの話なのかと首をひねると、クラウゼンは苛ついたように少し早口になる。

「エルベルト様に内緒で断れない頼みごとをしに行ったり、エルベルト様の不在の間にあなたを追い出したりしたことです!」

堰を切ったように一息に吐きだしたクラウゼンは、肩を怒らせて眉をひそめる。

気分を害しているようなのに泣きそうな気配がする。

大の大人がそんなことないだろうと思うが、それでもジルダはクラウゼンからそんな気配を感じ取る。

「告げ口なんて。クラウゼン様はエルベルト様のためにしただけではないですか」

ジルダの口調には迷いがなく、朝に太陽が昇るのが当たり前だとでも言うような口ぶりだ。それがクラウゼンをさらに苛立たせた。

「だから! エルベルト様のためにお前のことを蔑ろにしただろうが!」

「それのどこがいけないのです?」

きょとん、とまた首を傾げる。

今度はさすがにクラウゼンも訝しげな顔をする。

クラウゼンの顔を直訳すると『なにを言っているのだ、こいつは』である。

しかしジルダは気にした様子もない。

「だって、クラウゼン様にとってエルベルト様はお仕えしているご主人様ではないですか。わたしのようなその辺の民草などよりもずっとずっと大事な御方でしょう？　そのエルベルト様をお守りするためにしたことを、わたしが告げ口するなんて考えられないです」

「な、なにを言っているのだ？」

今度は顔だけではなく口からも出た。

「わたしもエルベルト様のことが大切だからわかるのです。人にはなによりも優先したい人が、優先したいことがあるのです。わたしだってエルベルト様のためなら、クラウゼン様のこと二の次にしてしまいますし」

だから、気に病むことはない。おあいこなのだと笑う。

「……」

急に下を向いて黙ってしまったクラウゼンは気分を害したのか、拳を強く握っている。

まずいことを言ってしまっただろうかと心配するジルダだったが、予想に反してクラウゼンはすぐに顔を上げた。

「私は借りを作るのが嫌いだ」

「はい？」

クラウゼンがなにを言いたいのかわからず、ジルダは困惑する。

今の話の流れで、いつクラウゼンがジルダに借りを作ったというのか？

だが、クラウゼンは眉を吊り上げて一息に言い切る。

「……もしも、お前が貴族の生活に耐えられなくなったら、私が責任を持って逃がしてやるからな！」

「……はい？」

なにを言われたのかわからず聞き返したジルダだったが、明確な説明をされないまま「わからなくていいから、それだけ覚えていればいいんだ！」と叱《しか》りつけられてしまう。

(理不尽な気がするけれど、でもなにかのときには一応味方になってくれるってことなのよね？)

そう都合よく解釈したジルダだった。

その話をするためだけに来たのかと思っていたクラウゼンだったが、どうやら本題は着替えの手配だったらしい。

連れてきたエルベルトの侍従の中に女性がいなかったので、ジルダのための着替えを宿屋の女性に手配してもらったとのことだ。

「あ……すみません。お手数をおかけしてしまって」

ずっとガウン姿でいるもの心細く思っていたジルダは、ありがたくそれを受け取る。

ジルダが着ていた粗末なワンピースは、さきほど宿の女性が洗濯するために持っていってしまっていた。

もしも明日までに乾かなかったらどうしようかと気を揉んでいたので、正直助かる。

「一式あるそうだから、一応確認してみてくれ」

「はい」

ジルダは包みをその場で開く。

一番上に、ひらひらとレースも可愛らしい下着がのっていた。

「わあ！」

ジルダは慌てて下着を摑むとワンピースらしき服の下に突っ込んだ。

真っ赤な顔でちらりとクラウゼンを見るが、彼は『なにを動揺している、たかが下着で』というような顔をしていた。

（あ、そうよね……クラウゼン様は女性の下着も見慣れたものなのでしょうね……）

世馴れていなくて奥手な自分が恥ずかしくなり、ジルダは内心項垂れる。

「……足りないものはないようです、ありがとうございます」

すばやく確認して礼を述べると、クラウゼンは頷いて背を向ける。

用がすんだらさっさと立ち去るのが、いかにもクラウゼンらしい。

再び静かになった部屋で、ジルダはため息をつく。

気を張りすぎていたのか、ひとりになった途端どっと疲れを感じたジルダはベッドの上に大の字になる。

鏡の間のベッドのように豪華絢爛《ごうかけんらん》なものではないが、この宿屋のベッドも山小屋の藁を敷いたものに比べたら大変寝心地がいい。

エルベルトに請われ、再び彼の屋敷に出向くことになったが、果たしてこれからどうなるのか、なにをするべきなのか。

(……いやもう、まったくなにも考えていないわ！　そもそもエルベルト様と再会するなんて思いもしなかったから)

エルベルトが来なければ、今頃はきっとグレーテと海へ向けて出発していただろう。グレーテとはもう少ししっかりと別れをしておけばよかった。

本当の祖母ではなかったことは驚きだったが、それでもグレーテはジルダがひとりにならないよう、ずっと見守ってくれていた。

(……落ち着いたらまた会いに行こう。まずはエルベルト様の屋敷に行って……なにするんだっけ……？)

ジルダは思考がうまく働かないことに気付くと、急激に瞼が重くなるのを感じた。

このままでは眠ってしまうと思ったが、そのときにはもう手遅れだった。

起き上がる気力は根こそぎ睡魔によって制圧されてしまう。

（駄目よ……起きてエルベルト様を待っていなきゃ……）

そう思えば思うほど、意識は底なし沼に沈んでいく。


ジルダの朝は早い。いつも同じ時間に目が覚める。

早く起きて身支度をし、パンを焼くためだ。

王都の街でも、山小屋でもそれは変わらないジルダの大切な日課だった。

「……、ううん……」

まだ薄暗く、小鳥も起きていない時間である。

それなのに遠くで誰かが立ち働いている気配を感じる。それはごく幼い頃、母親が朝食の準備をしたり洗濯をしたりする音だった。

目を閉じていても感じる人の気配は幸せの音だ。ジルダは少しの感傷を感じながら目を閉じたまま、その気配を探った。

しばらくするとジルダの鼻に香ばしい香りが届く。

（……これは、パン？）

間違いなくパンが焼ける香りだと確信を持ったジルダが目を薄く開けると、見知らぬ真っ白な天井が目に入った。

「……あれ？」

王都のはずれの家でも山小屋でもないことに驚いたが、すぐに宿屋であると思い出す。

（ああ、そうだ……わたし、寝てしまったのね）

クラウゼンから着替えを受け取ったあと、ベッドに倒れ込んで瞼を閉じてしまったのが敗因だった。

着の身着のまま寝てしまったわりに、身体が軋む感覚がない。

無意識に紐を緩めていたのかと身動ぎすると、どこからともなく現れたエルベルトの腕がジルダの首に巻きつく。

「ひ……っ」

思わず引き攣れた声を上げると、腕の主が身体ごとジルダのほうを向いた。

「う～ん……、ジルダ？　どうしたのだ？」

まだ半分寝ぼけているような甘い声は、エルベルトに間違いない。

もちろんエルベルト以外の人物がこの部屋にいるわけがないのだが、それでもジルダは安堵の息をついた。

「エルベルト様……、すいません。昨夜わたし眠ってしまったのですね」

あんなに就寝はどうしたらいいのだろうとドキドキしていたのに、よく眠れたものだと呆れるがエルベルトに気にした様子はない。

「ふふ……風呂で疲れさせてしまったかな？　それに気を張っていたのだろう」

エルベルトはジルダを抱き寄せると、悩ましげな唸り声を上げる。

「うむぅ……本当は昨夜もジルダを思うさま鳴かせたいと思っていたから、欲求不満なのだが、まさかこれからまぐわうわけにもいくまいな……これぱっかりは仕方がない。ジルダには屋敷についてから存分に鳴いてもらうとしよう」

「えっ」

ジルダの驚きを意に介していないのか、額や目元に口付けてくるエルベルトはどうにも甘くて、まだ寝ぼけているようだった。

ジルダはそれがおかしくてクスクスと笑っていたが、身体を捩《よじ》った際に太ももに触れたものの存在で、エルベルトが全裸であることに気付く。

「あっ」

「うん？　ああ、気になる？」

僅かに悪戯っぽい笑みを浮かべたエルベルトが余計に身体をジルダに寄せる。

寝起きで高い体温よりもさらに熱を感じるそれに、ジルダの頬が瞬時に赤く染まった。

「あの……っ、エルベルト様……っ」

太ももに擦りつけられたエルベルトの昂りはむくむくと芯を持ち、明確な意思をジルダに伝えてくる。

「ああ、言っておくけれど朝だからこうなるわけじゃないからね」

「え」

いや、朝だからだろう。

ジルダとてそれくらいの知識はある。

考えがそのまま出たジルダに微笑みかけると、エルベルトは両手をベッドについてジルダを腕の中に閉じ込めるとゆっくりと顔を近づける。

「ジルダだからこうなるんだ……わかるだろう？」

エルベルトの吐息が唇にかかり、ジルダは瞬きすらできなくなる。

息すら詰めて緊張を増していくジルダを口の端だけで笑うと、エルベルトはしっとりと唇を触れさせる。

「ん、んう……っ？」

触れるだけの優しい口付けはすぐに離れていき、ジルダは物足りなげな声を上げてしまう。

「ふふ、かわいい……私のジルダは本当に可愛い。前言撤回して鳴いてもらおうかな」

「あっ、ちょっと待ってください……っ」

エルベルトの瞳の奥に熱情が滾り始めたのを認めたジルダは、慌てて止めようと手を突き出す。

　しかしその指を甘噛みされておかしな声を上げてしまう。

「っひえええ！」

「大丈夫だよ、まだ暗いし出発するまで時間はある」

　ごそごそと動くエルベルトの手はすばやくジルダの夜着の紐を引いて前を開ける。

　そんなに簡単に肌が露出してしまう夜着を着ていたことに、ジルダは初めて気付く。

（あれ、昨日は着替える前にガウンのまま転寝《うたたね》してしまったはず……）

　自分の身体を見下ろすと、身につけているのはクラウゼンが差し入れてくれた包みの中にあったものらしい。おぼろげながら見覚えがある。

　エルベルトの手慣れた様子から、昨夜寝入った自分を着替えさせたのはエルベルトなのだと知った。

　ジルダがすぐに拒まなかったことから、エルベルトはすっかりその気になる。

　深い口付けでジルダを蕩かせると、抵抗しようとする心を奪い甘い官能の波で一気に押し流した。

　再びジルダがベッドから起き上がったのは、いつもよりもずっと遅い時間で、間もなく昼餐《ちゅうさん》になろうかという頃だった。

必死に声を抑えていたジルダだったが、その間に誰もエルベルトを呼びに来なかったことから、中の様子は完全に把握されていたものと思われる。

（うう、昨日のお風呂に続いてなんたる失態……っ）

簡単に身を清め、クラウゼンから渡されていた服を身につけたジルダは顔をすっぽりと覆い隠す仮面が欲しいと切に願う。

そんなこんなで軽い食事のあと、用意された馬車に乗って王都へ戻ることになった。

馬車での移動は、思いのほか楽しかった。エルベルトが街道沿いの町や特産品、珍しい行事などを細かに解説してくれたのだ。

おかげでジルダは、馬車に揺られる苦痛をあまり感じることなく過ごすことができた。

途中何度か休憩と宿泊を挟み、ジルダはとうとう王都のダヴィア公爵邸に戻ってきた。

三ヶ月前にほんの三日程度滞在していただけなのに『戻ってきた』と感じるのはなぜだろうか。

（きっと、濃密な時間をここで過ごしたから……）

これまであまり主張せずに自分の希望を出さずに生きてきたジルダにとって、エルベルトと過ごした三日間はただ、欲にまみれた爛《ただ》れた日々だったわけではない。

己の思うままに、感情をむき出しにして愛し愛された、まさに生きていると感じるに相応しい時間だったのだ。

「さあ、ジルダ。中に父がいるのだ」

「えっ」

挨拶の気配を感じてジルダの身体が一気に強張る。

格式ばったところを感じさせない柔和なエルベルトだが、彼は由緒あるダヴィア公爵家の後継ぎだ。

つまりエルベルトの父親は、現ダヴィア公爵ということになる。

エルベルトよりも威厳のある人物なのだろうと察せられた。

これまで権威というものに身近に触れ合う機会が皆無だったジルダの心臓は、途端に早鐘を打ち始める。

「ジルダ、安心してくれ。父は君とのことを反対していない」

「そ、そうなのですか、いえ、まさかそんなことが……？」

安心させるように柔らかく微笑んだエルベルトに、ジルダはぎこちない返事をする。するとジルダの視界の隅でクラウゼンが微妙な顔をした。

それを見逃さなかったジルダは、昨夜のクラウゼンのおかしな提案を思い出す。

『貴族の生活に馴染めなかったら、ジルダを逃がしてやる』

あのときは意味がわからなかったが、今の顔がその答えなのだろう。

（たぶん……、エルベルト様と公爵様とでは捉え方が違うのね）

それをクラウゼンは表情で伝えてきたのかもしれない。

（うん、過度な期待をしては駄目ね……）

ジルダは思ったよりも冷静な自分に気が付いて口角を上げた。

人に嫌われるのは怖い。

だが、ずっと人と関わらないように生きてきたジルダにとって、心が揺れるのはつらい反面心地よいと感じることも多い。

（わたしが人間であることの証みたいに思えて……）

エルベルトにエスコートされながらジルダは覚悟を決めた。


「やあ、君がジルダ嬢か」

「は、はじめまして公爵閣下……ジルダです」

ジルダの覚悟はいったいなんだったのだろう、と思うほどにエルベルトの父——ダヴィア公爵フランツは柔和で落ち着いた人物だった。

穏やかな笑みは、エルベルトにそっくりだった。

「緊張しているのかな？　ジルダ嬢になにか甘い菓子を」

メイドへの口調もきつくなく、きちんと顔を向けているところに好感度が高くなる。

対応するメイドの表情を見ても、主を敬愛しているのが見て取れた。

「父上、ジルダは慣れぬ移動で疲れていますので、手短に」

二人掛けのソファに並んで腰かけているエルベルトは、ジルダが膝の上で揃えている手を握りにっこりと微笑む。

美しい中に力強い意思を感じたジルダはぱちぱちと瞬きをする。

「ああ、承知しているよ。では単刀直入に……ジルダ嬢はエルベルトとの子供を作ることに異論はないのだよね？」

「ひっ！」

フランツのあまりにも率直な質問に、ジルダがソファから腰を浮かしそうになる。頬が紅潮し、羞恥で唇がわなわなと震える。

「父上、あまり直接的な物言いは避けてください。ジルダは純情なのです」

「すまないね。つい、気が急いてしまった」

はは、とフランツは軽やかに笑うが、ジルダはうまく笑うことができない。

覚悟して屋敷の中に入ったつもりだったが、その実なにも覚悟できていなかったのかもしれない。

そもそもジルダは厳しい言葉を浴びせられると思っていたから、フランツの穏やかな態度に気持ちが緩んだところに核心を突かれた。

緩急をつけ人心を翻弄する手管《てくだ》は、さすが貴族といったところだろうか。

「それはとても繊細な問題です。私はジルダの子供ならば可愛いし欲しいとは思いますが、それを強要するつもりはありません。あくまで私が大事にしたいのはジルダとジルダの心です」

エルベルトがジルダの手を握りながら言い切る。フランツをまっすぐに見据え、決して譲るつもりがないという意思にあふれていた。

「エルベルト様……」

貴族にとって後継ぎを成すことは義務だ。

それくらいは世間知らずのジルダでも知っている。

血を継ぎ、家を継ぐことはなにものにも代えがたい悲願のはずだ。

しかし、エルベルトはジルダのほうが大事だという。

蔑ろにしてもわからない、ジルダの心までをも大事だと。

放すまいと力が込められたエルベルトの手から伝わる体温が、ジルダの全身を包む。

(ああ……好き。わたし、この人がとても好きだわ……)

きっと誰になにを言われても、なにがあってもエルベルトのことは守ろうと胸に誓いを立てる。

「ふふ、我が息子ながらまっすぐすぎて呆れるな。お前はジルダ嬢が貴族の一員としてやっていけると思っているのか？」

フランツの表情は苦悩が張りついていて、決してジルダを貶める意図があるようには思えなかった。

そこにあるのは庇護するべきものへの憐憫《れんびん》だ。

（あ……っ、公爵様はわたしが苦労することを見越して……）

生まれも育ちも、貴族とは真逆のジルダが突然公爵家の嫁としてやっていけるはずがない。どう転がっても苦労することは目に見えている。

無遠慮で容赦のない質問だったが、フランツの心配はジルダに寄り添ったものだった。

それを察したのか、エルベルトが言葉に詰まる。

「……ジルダができないとは思いませんが、それによってジルダに要らぬ苦労を負わせてしまうことはあるとは思います」

喉から絞り出すようにするエルベルトの横顔には苦悩が滲んでいる。

それを見たジルダは、エルベルトが頼りないと思うよりは誠実だと感じた。

ここで無責任に『大丈夫だ、ジルダのことは私が守る！』と言うことは容易い。

だが、エルベルトはこれから起こるであろう軋轢《あつれき》、非難、想定されるあらゆることを想像して、それをジルダに隠さずに苦悩した。

（もっと狡くてもいいのに、誠実なんだから……）

ジルダはそんな苦悩の滲む横顔を見つめて、胸が締めつけられる。

「最悪、ダヴィアの血を継ぐ子供がいれば……、というのが当主である私の偽らざる気持ちだ」

みなまでは言わないが、それは『結婚は認めないが、子供が生まれたら引き取る用意がある』ということ。

貴族、しかも公爵家であるダヴィアにしてはかなり譲歩した意見といえるだろう。

フランツは二人の仲を引き裂くことはしないが、ジルダを正妻として公爵家に迎え入れることは双方にとっていい事態であるとは言いがたいと言っている。

ジルダもそれは理解できる。

フランツの言葉は、今のジルダにとって最大限に配慮してくれていると感じられた。

(少し寂しいけれど……)

平民である自分のことを、ここまで考えてくれたフランツのことをありがたく思っていると、隣から怒気が立ち上るのを感じた。

(え？　エルベルト様？)

「父上は、貴族としてのメンツのためならば人の尊厳を踏み躙ってもよいとお考えか……」

まるで地獄の底から響くような、暗く陰鬱《いんうつ》とした声はジルダを怯えさせるほどだった。

「エルベルト、お前だって理解しているだろう……」

とりなすようなフランツの声にも、エルベルトは耳を貸さない。

かなり頭に血がのぼっているようだった。

「ジルダのことを、まるで子供を産む道具のように言うなんて許しがたいことです」

エルベルトの新芽のような美しい緑の瞳が暗く濁っている。

ジルダはいけないと思いながらも、どう対処したらいいかわからずにおろおろとするばかり。

「落ち着きなさい、エルベルト。ジルダ嬢が貴族社会に入ったら苦労することは目に見えている。だがジルダ嬢を妻に迎えることは難しくとも、子供なら……子供だけなら遠縁から養子を取ったことにすれば、彼女との子を公爵家の籍に入れることができる。これがもっとも現実的な手段だとお前ならわかるはずだ」

わかる。フランツの言いたいことは理解できる。

ジルダはフランツが持てる最大限の配慮をしていることを十分感じた。

しかし、エルベルトはそうではないようだ。

「私は落ち着いています。ジルダに苦労をかけずこの状況を打開する策も持っています。ただ、父上を慮って口にしないだけで」

美しさゆえに、エルベルトの表情は冷たい。

彼からよくない雰囲気を感じてジルダはエルベルトを見上げる。

エルベルトの強硬な態度にフランツは眉をひそめた。

「ダヴィア公爵家は他の公爵家とは違う。平民を娶るのは並みの貴族でも難しいということは理解しているだろう。貴族社会にまったく触れてこなかったジルダ嬢には荷が勝ちすぎると思わないか」

（そのとおりです、公爵様……）

フランツの言うことは筋が通っている。

特にジルダを蔑んでいるわけではなく、すべて過不足のない事実で、一番大きな可能性を述べているにすぎない。

しかしエルベルトは引き下がらない。

なおもその瞳に力を込める。

「私はジルダだけに重荷を背負わせることはしたくありません。彼女とは同じだけの苦労と、同じだけの幸福を分かち合います」

「……！」

まさか、エルベルトがこんなにも想ってくれているとは知らなかったジルダは、不覚にも涙がこぼれそうになった。

慌てて目に力を入れて涙がこぼれないようにするが、じわじわと視界が歪んでいく。

「……それは、どういう意味だ」

「ジルダと結ばれるのに、無理にジルダを公爵家の嫁にすることはないということです……私が公爵家を離れれば問題は解決します。子供は作れ、その子供はジルダから取り上げて公爵家の後継ぎとして育てる……そんな非人道的なことをしなくては存続できない家など、ないほうがいい」

吐き捨てるように言うエルベルトに、ジルダもフランツも驚きを隠せない。

「エルベルト、お前……！」

「エルベルト様？」

二人から名を呼ばれたエルベルトは、ジルダのほうを向いて安心させるように微笑む。

「ダヴィア公爵家なら私でなくとも遠縁の誰かを養子に迎えればすむ話……そもそもダヴィアの血を受け継ぐと言ってももう薄まる一方でしょう。早晩意味がなくなる。血は新しい血を入れずには存続できないからです」

エルベルトの言うことはもっともだ。

淫魔の血も人と混じることで薄まり、ジルダのように力を持たないものになり、淘汰《とうた》され人にまぎれていく。

もしかしたらこの先、貴族と平民も同じようになるのかもしれない。

身を以て知っているジルダには、エルベルトの言いたいことがよくわかった。

「私は血よりも思想や信条で繋がるほうに意義があると信じている。公爵家の後継ぎは私でなくても務まる。だが、私には君しかいないのだ、ジルダ」

恭しく手を戴《いただ》き甲に口付けする仕草は、確かに唯一の女性に対する敬愛を示すもの……だが、それをフランツの目の前でされてしまったことにジルダはひどく動揺した。

(な、なんてことを……！　公爵様が気分を害されるではないですか……！)

こんな王族にでもするような最上級の礼を尽くされては、どうしていいのかわからない。

あわあわと口を開けたり閉じたりしているジルダは、向かい側から深いため息が聞こえてきてそちらを向く。

ため息の主はもちろんフランツだ。

彼は頭痛がするのか、額を押さえて眉間にしわを寄せている。

「……私も君の親をもう三十二年やっているからね、どれだけ本気なのかは理解しているつもりだ……だが、ここまでとは……」

言いながら、フランツはまた大きなため息を吐いた。

それとは対照的にエルベルトは晴れ晴れとした表情で微笑む。

「私もあなたの息子を三十二年やっていますから、理解していただけたのだとわかってほっとしています。やはり、家族からは祝福されたいですからね」

エルベルトは一度ジルダの手をぎゅっと握ると、手を放してフランツに正対する。

「我儘《わがまま》を聞いてくださり、ありがとうございます」

深々と頭を下げる姿はフランツに感謝をしているように見えたが、それだけではない。

エルベルトは勝者の顔をしていた。

「まったく、強情なところは誰に似たんだか」

眉間にしわを寄せたままそうこぼすフランツが、口調ほどは気分を害していないようで
ジルダもほっと息を吐く。

よく見ると肩の荷が下りたような、すっきりとした顔をしているような気もする。

「……まあいい。ジルダ嬢、失礼を許してくれ。これからエルベルトをよろしく頼むよ」

「は、はい……！」

自身の誓いと同じようなことをフランツから口にされ、ジルダは思わず立ち上がって頭
を下げる。

「未熟ではございますが……全力でエルベルト様を幸せにいたします……っ！」

「ジ、ジルダ……っ」

意表を突かれたエルベルトは、目元を僅かに赤くして言葉を失う。

フランツは愉快《ゆかい》そうに笑うと、鷹揚に頷いてクラウゼンを連れて部屋を出ていった。

あとに残されたジルダとエルベルトはしばらく無言のままでいたが、どちらからともな
く手を握り、指を絡めあった。

「どうしても君を手放したくなくてあんなことを一方的に言ってしまったが、怒ってはいない?」

ジルダを覗き込んだエルベルトは先ほどまでとは違い、少し自信なさげに眉を下げた。

「怒るなんて、どうしてそんなことを?」

意外に思ってジルダが目を大きく開く。エルベルトははにかむように視線を逸らした。

「ジルダを手放したくなくて、同意を得ずにあれこれと口にしたこと……」

思い返してみれば、エルベルトは確かにいろんなことを先走って言っていたような気がする。

ジルダもどちらかといえば、フランツのほうの意見に同意していた。

「君の意見をちゃんと聞かずにあんなことを口にしたのは申し訳ないと思っている。だが、私はもう君との子供につける名前まで考えているような男なのだよ」

「え」

愛が深く重いとは思っていたが、まさかそこまでとは思わなかったジルダは一瞬身を固くした。

そして気まずそうに視線を逸らすエルベルトの目元が赤くなっているのを発見した。

じっと見つめているとじわじわと恥ずかしくなってきたのか、エルベルトが手で顔を覆ってしまう。

「ああ、すまない……こんなこと言うつもりじゃなかったんだが……恥ずかしい……」

エルベルトは相変わらず顔を隠しているが、隠しきれていない耳や首までも赤くなっていた。

（わ、わあ……っ）

つられて自分の顔も熱くなってきたのを、ジルダも感じた。

落ち着くために、もう温くなったお茶のカップに口をつけるのだった。


ジルダを取り戻し、フランツから承諾をもぎ取ったエルベルトは自信に満ちあふれていた。フランツが領地に戻り、エルベルトは父に任せていた仕事も再び自分でこなすようになり、王城への出仕も再開した。

以前のように鏡の間に閉じ込めて愛でるのではなく、『婚約者』としてジルダを扱うことが許されたのだ。

「勉強したい？」

交接の熱が残るベッドの中で、ジルダはエルベルトに頼みごとをした。

少しでも淑女に近づけるように勉強がしたい、知識を得たいと頼んだのだ。

「私のジルダには不足しているところなどないが……、君が望むなら」

そうして勉強の前にジルダたってての願いで、礼節や行儀についての実力を見てほしいと言われたエルベルトは、彼女が思うよりも教養があることを知った。

簡単な礼節や行儀について試したところ、多少古めかしくはあるが貴族令嬢の侍女ができる程度の作法が身についていたのだ。

平民として暮らしていたジルダには不必要なほどの知識だったため、不思議に思って尋ねると祖母に習ったという。

「グレーテ殿に？」

「ええ。母が早くに亡くなったので、日常生活に必要なことや礼儀作法についてはおばあちゃんから。なんでも昔……、ええと、どれくらい昔なのかは判然としないのですが高貴な方のお屋敷で働いたことがあったそうで」

そのときにかなり厳しく仕込まれたのだと言っていたのを思い出す。

『あの婆、本当に口うるさくてねぇ。この年になっても教わったことが骨にしみついたように抜けないんだよ』

グレーテにそこまで言わせるならば、たいそうな傑物《けつぶつ》であったのだろう。

おかげでエルベルトに恥をかかせないよう、最低限を底上げできている。

ジルダは会ったことがないその女性に、感謝を込めて心の中で手を合わせた。

「そうですか、では失礼には当たらないのですね」

ほっとしたように胸を撫で下ろすジルダだったが、エルベルトは顎に手を当てて考える。

「これならば無理をして勉強することはないよ」

太鼓判を押されたジルダだったが、緩く首を振る。

「そう言っていただけるのは嬉しいのですが、できればもう少し淑女に近づきたくて」

ジルダは口に出さないが、それはエルベルトに恥をかかせてはいけないという思いからだった。

次期公爵であるエルベルトと一緒にいるならば、やはり品性に欠けることはできない。いつも迷惑をかけてしまわないか、釣り合っていないのではないかと心配になってしまう。それを補い自信をつけるための知識と経験を身につけたいのだ。

「……わかった。では教師を手配しよう」

「エルベルト様、ありがとうございます！」

そんなやりとりがあってジルダの教師としてやってきたのは、ダヴィア公爵家の遠縁にあたるカラーチェ伯爵夫人だった。

彼女は旧ダヴィア公国で大公の末妹を母に持ち、併合後グルガーニの貴族と婚姻を結び伯爵夫人となった。

やせ形で気難しそうに唇を引き結んだカラーチェ夫人は当初、この役目を不満に思っていたのか口数も少なく気乗りしない様子だった。

つり目気味の瞳で値踏みするように見ていた夫人は、ジルダを質問攻めにした。

それはいかにも平民と貴族の差をわからせるためのような、上から叩きつけるような質問の数々で、ジルダは歓迎されていないことを言外に感じる。

貴族夫人は皆こういう感じなのかと内心ため息をついていたジルダだったが、しかしひょんなことからお互いがウーヴェ神父と知己だということがわかると、急に表情を和らげ話が弾んだ。

「あなたがあの『清貧の天使』とはね」

「清貧の……天使？」

聞いたことのない言葉に思わず聞き返すと、カラーチェ夫人が背筋を伸ばして神妙な顔をした。

つられて姿勢を正したジルダは、夫人が話す言葉に開いた口が塞がらなくなった。

「自らも決して楽な暮らし向きではないはずなのに、寄付と奉仕を忘れない稀有な心の持ち主。いつも笑顔を絶やさず他者に優しい美しい女性。彼女の美しさは皮一枚のものではなく、心映えの美しさから滲み出てくるものなのだ、とウーヴェ神父は常々言っていらっしゃるわ」

「え、と……すみません。それはたぶんわたしのことではありません」

あまりにも実像とかけ離れすぎている。ジルダは冷や汗をかく。

「いいえ、あなたよ。だって、あなたの定位置は教会の扉のすぐ横の、一番後ろでしょう？」

心当たりがあったので頷く。

一般の人の邪魔をしてはいけないと思っていたジルダは、いつも一番後ろの隅で祈っていた。

例外はエルベルトと並んで祈った、あの一回だけである。

「教会のいつもあなたがいたところには、『清貧の天使』像が置かれているのよ」

「は、……はあ⁇」

言葉を失うジルダを目を細めて見たカラーチェ夫人は、手を伸ばして彼女の髪に触れた。

「木像だからわからなかったけれど、天使の髪はこんな色をしていたのね。素敵だわ」

カラーチェ夫人の声には揶揄するような含みはなく、純粋にジルダのことを誇りに思ってくれているような温かさが感じられた。

ジルダははにかみながら、落ち着いたら一緒に教会に行こうというカラーチェ夫人の言葉に頷いた。

こうして打ち解けることができたカラーチェ夫人から、ジルダはあらゆることを吸収した。淑女としての振る舞いや言葉遣い、流行の話題からファッション、小物の使いかた。

そして……避けるべき話題。

「高貴な人ほどスキャンダルを持っているわ。それが真実でも虚構でも……それに振り回されないようにするのが肝要よ」

カラーチェ夫人とのレッスンは週に二回程度、エルベルトが仕事で不在にしている日中に行われた。

レッスンをエルベルトの不在の日と限定しているのは、エルベルトがジルダとの時間を他者に邪魔されたくないがためである。

ある日、王城から呼び出されたフランツが王都の屋敷を訪れた。エルベルトとは入れ違いになってしまい、ジルダがフランツの相手を務めることになった。

「公爵様、お久しぶりです」

あの日以来のフランツの訪れに僅かに緊張していたジルダだったが、淑女らしく振る舞わねばと気を配る。

「……ジルダ嬢、無理はしていないかい？」

自分のせいでしたくもないことをしているのではないかと思ったフランツがそう聞くと、ジルダはいいえと頭を振る。

「エルベルト様も心配してくださっているのですが、無理などはしておりません。カラーチェ夫人がとても親切にしてくださいますし、なによりわたしに教養がないばっかりにエルベルト様に恥ずかしい思いをさせたくはないですから」

礼儀も作法もなっていない平民を傍に置いているとなれば、エルベルトの評判にもかかわるし、最悪ダヴィア家の品性を疑われてしまう。

自分のせいでエルベルトが嘲笑《ちょうしょう》されるのだけは嫌だ。

ジルダは真顔でそう告げる。

「それに、思ったよりも楽しいのです。淑女ごっこ」

無理はしていないのだと美しい笑みを浮かべるジルダに、フランツは驚きを隠せない。

自分が息子と引き離そうとしていたのは、こんなに健気な女性だったのかと今更ながら思う。

(あのとき強硬に引き離さずによかった……)

フランツは心底そう思い、ジルダに対する認識を改めた。

「今度、妻も連れてくるから仲良くしてくれるかな？」

急にそう申し出てきたフランツに驚いたジルダだったが、すぐに笑顔で頷く。

「もちろんですわ、公爵様」

それ以降、フランツとジルダの関係は飛躍的に改善した。

# 5　真実

夜の寝室――通称鏡の間では、エルベルトとジルダが息を乱して交わっていた。

エルベルトの胸元には、あれから一時もはずさないネックレスが揺れている。

真偽は確かめようもないが、グレーテからもらった魔力を感知すると熱を持つという曰くつきのもののおかげで、エルベルトは必要以上に悪魔に怯えることなく過ごしている。

だがエルベルトは憂いが晴れたというのに、寝室に張り巡らされた鏡を撤去しようとはしない。

一度ジルダが恥ずかしさに耐えかねてエルベルトに進言したが、あっさりと却下された。

「どうしてですか？　そのお守りがあれば鏡はなくとも悪魔が近づいたらわかるのでは
……それにわたしがいれば、鏡がなくても眠れるとおっしゃったじゃないですか」

「それとこれとは別問題だ。この鏡は当初の用途とは違う利用をしている」

そう言うとエルベルトはジルダの身体を起こすと背を預けるようにもたれかけさせ、大きく足を開く。

「きゃあ！」

「ほら、こうすればジルダの隅々まで確かめることができる」

秘所を鏡に見せつけるようにして、エルベルトは背後からジルダを貫く。

「はぁ……っ、ああ……！　いやあ……、こんなことをしなくても……っ」

正常位とは違うところを抉られて、ジルダが嬌声を上げた。

過ぎた快感をやりすごすように首を振る。

ジルダの秘所を見たいだけであれば別に鏡に映さずとも直接見ればすむことなのに、なぜわざわざこんな恥ずかしい体勢を取らなければいけないのか。

ジルダは首を振って抵抗をするが、エルベルトによってもたらされる快楽に流されそうになってしまう。

「ひ、あ、あぁ……っ」

「ほら、全部飲み込んで気持ちよさそうだ。白い肌が興奮で赤くなってなんとも艶っぽい。ジルダ、見てごらん」

促されて薄目を開けたジルダの目に飛び込んできたのは、蕩けきった顔でエルベルトに抱かれている淫らな自分の姿だった。

「は、恥ずかしいですってば……！」

またすぐに顔を背けたジルダの耳殻を舐めあげたエルベルトはゆっくりと腰を使って、ジルダが好きなところを丁寧に突く。

「ああ、ほら。ジルダはここが好きだろう？　こうして突いてから先端を押しつけるようにしてあげると、嬉しそうにキュウキュウと締めつけて……あぁ……」

エルベルトの感じ入った吐息が耳に吹き込まれ、ジルダの中が勝手に締まる。

こうして弱点をひとつひとつ暴かれてしまうと、普通に生活できないのではないかという不安が募る。

「あぁ、待って、待ってくださいエルベルト様……っ」

ジルダを穿ちながら、エルベルトの舌が巧みに動いて耳を犯す。

淫らな音が耳からもあわいからもしていて、直接脳に快楽を注ぎ込まれているようで混乱する。

「ああ、イキそうなのかな？　いいよ、我慢しないで……君のタイミングで極まって……」

低く甘い声が鼓膜を震わせた。

とどめのように柔らかい耳朶を食まれ吸われると、全身に力が入り目の前で光が弾けた。

「ひっ、あ、……あぁ――っ」

同時に食いちぎらんばかりにエルベルトを締めつけて達したジルダは、エルベルトが低く唸るのを聞いた。

ジルダを甘く苛んでいた雄芯が大きく脈打ち、白濁がジルダの中を満たした。

「……っく、……はぁ……っ」

最後の一滴までジルダの中に注ぎ、塗り込めようとするように、エルベルトが中を掻きまわす。

寝室には二人の荒い息遣いと、ぐちゅぐちゅと粘性の高い音だけが響く。

(何度聞いても慣れないわ……)

最中の愛液とは違う音にジルダは頬を染める。

やがて満足したのかエルベルトの肉杭がジルダの中から出ていった。

途端にとろりと流れ出る液体に感覚が生々しくて身震いすると、エルベルトが背後からジルダを抱き締めた。

「……エルベルト様?」

大きな手のひらが、愛しそうにジルダの薄い腹を撫でる。

「ジルダとの子を早く授かりたくもあるし、ずっとこうして抱き合っていたくもある……悩ましいな」

その声はエルベルトから発せられる声音の中のどれよりも深刻で、ジルダは思わず吹き出してしまう。

「ふっ、あはは、あははは！」

「なぜ笑うのだ？　ジルダは悩まないのか？」

心外だ！　と声を荒げるエルベルトが、また余計にジルダの笑いを誘った。

寝室に張り巡らされた鏡には身体を折り曲げて笑うジルダが映り込んでいたが、いつしかそれが気にならなくなっていた。

季節が巡《めぐ》りジルダが王都の屋敷にも慣れた頃、ダヴィア領からフランツが妻のクリスティンを伴って再び屋敷にやってきた。

緊張しながら二人を迎えたジルダは、そこで驚きの報告を聞くことになる。

「エルベルトとジルダ嬢の婚約を発表しようと思う」

「父上、では……！」

婚約を発表するということは、ジルダを正式にダヴィア公爵家の嫁として受け入れるということに他ならない。屋敷の執事やメイドは控えめに喜びの声を上げたが、当のジルダは困惑に眉をひそめた。

（待って……それではダヴィア公爵家の貴族としての体面が保てないのでは……？）

ジルダの考えをすばやく読んだのか、クリスティンが口を開く。

「フランツが前におかしなことを言ってしまってごめんなさいね。あなたの頑張りはカラーチェ夫人から聞いているわ。彼女、あなたのことをしきりに褒めていて自分のことを『ジルダ嬢の王都での母』と自称しているのよ」

「えっ」

カラーチェ夫人の熱の入れように驚き、口許を手で隠したジルダは次第にその大きな金の瞳を潤ませていく。

「ジルダ？」

異常にすぐに気が付いたクリスティンが、すばやくジルダの隣に座ると背中に手を添える。

「す、すみません……わたし、母の記憶があまりないものですから……夫人から娘のように思っていただけるのが……嬉しくて……っ」

ぐすぐすと鼻をすするジルダに、エルベルトがハンカチを差し出して肩を抱く。

「泣かないでジルダ。これからはここが君の家だし、カラーチェ夫人に限らず、みんな家族だ」

「そうよ。夫人に後れを取ってしまったけれど、私が正真正銘ジルダの母なのだからいくらでも甘えてもいいのよ。これからはもっと仲良くしましょうね」

三人がソファで団子状になった。

出遅れたフランツは腰を浮かしかけたが自制心が働いたのか、座り直して咳払いをする。

「周囲の貴族から風当たりが強いかもしれないが、まあなんとかなるだろう」

その発言には少しの負け惜しみのような複雑な感情が入っているように感じられ、ジルダは泣いていたにもかかわらず笑ってしまった。


それからしばらくして、王都に激震が走った。

難攻不落の高嶺の花で、変態性癖の持ち主でもある次期公爵エルベルト・ダヴィアが婚約を発表したのだ。

相手はごく親しく付き合いのある貴族たちを集めた夜会でお披露目された。

貴族同士集まればその手の話がまことしやかに噂されるものだが、誰も相手を知らないことがなおさら興味を引いた。

そして発表されたエルベルトの婚約者は、知らないのも無理もない名もなき平民だった。

なんだ平民かと鼻で笑った輩は、しかし件の婚約者ジルダを見て声を失った。

艶やかなピンクブロンドの髪に神秘的な金色の瞳、すらりとした肢体はまるで女神を具現化したような美しさだったのだ。

当初平民を迎えるというその事実に『青い血が穢《けが》れる』と難色を示した者たちも、輝かんばかりに美しい佇まいのジルダの前に黙ることしかできなかった。

加えて社交界でも発言力のある重鎮《じゅうちん》カラーチェ夫人がジルダの人柄に太鼓判を押したことが決定打となり、おおむね好意的に受け入れられたようだ。

外側から見るジルダは落ち着いていていかにも淑女然としていたが、当の本人はいっぱいいっぱいで目を回さんばかりに動揺していた。

「エ、エルベルト様……、わたしおかしくないですか？」

「あぁ、常軌を逸《いっ》するほどに美しいところがおかしい」

ジルダの緊張を解そうと、軽口をたたき頬に口付けするエルベルトの胸を軽く押してカラーチェ夫人に声をかける。

「夫人、エルベルト様の言動がおかしいのですが……」

「あらあら。やっとジルダ嬢をお披露目できるから、喜びのあまりネジが吹き飛んでしまったのでしょうねぇ」

「カラーチェ夫人……」

もはや夫人もエルベルトを御《ぎょ》するのを諦めたらしい。

事実をそのまま受け止めてしまっている。

このままでは埒《らち》が明かないので、ジルダは自らガラスに姿を映しておかしなところがないか確認する。

（大丈夫……！　おかしいところがあっても堂々としていれば周りはそういうものだって

勝手に納得してくれるっておばあちゃんが言ってた……！）

ささっとドレスの裾をさばいてどこにも引っかかっていないことを確認すると、そんなジルダをエルベルトがうっとりと見つめている。

「素敵だ、ジルダ……。誰にも見せたくないくらいに素敵だよ」

「あ、はい。ありがとうございます！」

エルベルトの甘い言葉をいちいち真に受けて真剣に返事をしていてはいつまでたっても埒が明かないと悟ったジルダは、またひとつ強くなった気がした。


ジルダの美しさは、隣にエルベルトが立つことでさらに引き立つ。

簡単な挨拶のあとにダンスを披露した二人は、まるで水面を滑る風のように、花畑に遊ぶ蝶《ちょう》のように優雅で美しかった。

常ならばホールはひしめき合うほどにダンスを楽しむ男女でごった返すのに、その日はジルダとエルベルトがダンスを終えるまで、誰ひとりとして踊ることがなかった。

誰もが二人のダンスをただぼうっと見ていた。

平民ごときが、と口では言っても、ジルダはそれを補ってあまりあるほど魅力的だった。

清楚と妖艶《ようえん》がなんの違和感もなく同居する不可思議な容姿に目を奪われ、そして所作の優雅さに気付けばため息をついてしまう。

時折緊張しているのか強張るようなときも、隣でエルベルトが支えれば花が綻《ほころ》ぶような笑顔をこぼす。

「あれならば、たとえ平民であっても欲しがるのは道理だな」

「ああ、違いない」

最初は身分が、青い血が、と文句を口にしていた者たちも気付けば許容していたのは、おそらく二人がずっと幸せそうにしていたからだと思われた。

中には結婚相手がいない変態性癖の持ち主と平民ならば似合いだと揶揄する者もいたが、夜会に招待されたのが公爵家に近しい貴族だったこともあり、招待されないごく少数の負け惜しみでしかなかった。

夜会のあと、噂は瞬く間に王都を席巻し、それはもちろん王城にも届いた。

時を置かず王城からジルダを伴った登城を要請する親書が届き、それを前にして家族会議が開かれる。

テーブルを前に、フランツから順に口を開く。

「国王陛下からの正式な書状だ。気乗りはしないが拒否することはできない……だが、できれば行きたくはない」

「断るのは良策ではないのは承知しています。ですが私は反対です。行きたくはない」

「断ることはできないけれど、私もできればやめたほうがいいと思うわ」

「義務感はあれど……まさかの反対多数、ですね？」

ジルダはエルベルトの妻になることが、こんなにも世間で大きな話題になるとは思っていなかった。

ジルダが耳にしたことがある城下の噂では、国王とダヴィア公爵家はそこそこいい関係であるとされている。

貴族の中にはもっと反目し合ったりすり寄ったりがあからさまな貴族もいる中、いい距離感を保っているように見受けられた。

（実際はこんなものなのかしら）

温和なエルベルトとクリスティンはともかく、フランツまでもが謁見を望んでないとは思いもしなかった。

「ジルダは行きたいのか？」

エルベルトにそう聞かれ、ジルダは天井を見遣る。

遠くからしか見たことがないお城には行ってみたい気もする。

しかし先日の夜会で少し自信がついたとはいえ、未だ作法に不安が残るなか、自分以外の皆が乗り気ではないことに無理を通すものおかしいだろう。

（ここは同調しておこう……でも、王様からのお手紙なのにお断りしてもいいのかしら）

「正直私はよくわかりません。王様から来いと言われたら行かなければいけないと思いますが、もし皆さんが行かないというなら……許されるならそれもアリかと」

なにしろジルダはこれまで王城とはまったく接点がないのだ。

先達に決定を委《ゆだ》ねるのはおかしなことではない。

「ふむ……」

それを聞いたフランツが小さく唸る。

「真面目な話、夜会を開いたのに、王城には行かないとなると余計な火種となる可能性もあるか……ジルダの評判を悪くするわけにいかないし……仕方ない」

フランツが行く方向に舵《かじ》を切った途端、エルベルトとクリスティンからも重苦しいため息が漏れた。

(そ、そんなに行きたくないのね……)

慣れているとはいえ、格式ばったことが嫌いなのかもしれないと考えていたジルダだったが、急に俯いていたクリスティンが顔を上げた。

「そうだわ、ジルダのドレスを決めなきゃ！」

ドレス、と聞いてエルベルトも膝を叩く。

「そうだ、至急仕立て屋を呼ばないと！」

「え、ちょっと待ってください！　ドレスならたくさんクローゼットにありますから……！」

話の流れが急に変わってしまったことに驚いたジルダだったが、フランツが重々しく頷いた。

「うむ。ジルダを伴ってくるようにわざわざ書かれているのだから、ジルダに注目が集まるのは必至。クリスティン、思う存分やりなさい」

「ふふっ、お任せくださいな。さあ、ジルダ行きましょう」

すっと立ち上がったクリスティンに手を引かれ、ジルダも慌てて立ち上がる。

いつの間にかエルベルトが執事になにやら申しつけているところをみると、仕立て屋に連絡を頼んだのかもしれない。

(あれぇえ？　乗り気ではなかったはずでは……!?)

自分の衣装のことで急に一致団結して、論点がすり替わってしまったことに驚きを隠せないジルダだった。

ダヴィア公爵家もなかなか豪華な屋敷なのだが、グルガーニ王城はそれとは比べ物にならぬほど立派な建物だった。

国の威容《いよう》を示すために技術の粋《すい》を集めて建造されたそれは、ジルダの目をくぎづけにした。シャンデリアから降り注ぐ七色の光に思わず感嘆の声が漏れる。

「はわあああ……」

「ジルダ、あまり可愛らしく口を開いていると飴玉を放り込みたくなってしまうよ。それとも私の口で塞いでしまおうか」

淑女らしからぬ態度であったことを恥じてジルダが慌てて口を閉じると、エルベルトはすかさずこめかみに口付ける。

「エ、エルベルト様……っ」

こんなところで！　と顔を真っ赤にするジルダだったが、動揺しているのはジルダと案内の侍従だけで、フランツとクリスティンは息子の態度にすっかりと慣れていた。

「そろそろ顔を引き締めなさい……失礼のないように」

フランツの言葉に、ジルダはどこか違和感を覚えながら頷き唇を引き結んだ。

（……失礼のないように、は当然なのだけれど、それ以外の意味が含まれていたような……）

どれほど威厳に満ちた恐ろしい王なのか、と身震いすらできないような緊張に支配されていたジルダは、あまりの落差に瞠目した。

「よう来た、エルベルト！　そしてそちが嫁か！」

謁見の間へ通ずる扉が開けられ、所定の位置で頭を下げて王を待っていたジルダたちに降り注いだ言葉がそれだった。

作法とは？　礼節とは？　と言いたくなるような破天荒さでダヴィア公爵たちの前に

やってきたのは、グルガーニ国の王妃マクダレーナであった。

驚きのあまりどうしていいかわからず、腰を折ったまま固まってしまったジルダだったが、エルベルトが低く囁いた言葉を聞いて我に返る。

「ジルダ……大丈夫、落ち着いて」

「は、……はい……」

同じように囁き返した声はみっともなく震えていたが、それでもジルダは気持ちを取り戻すことができた。

気付かれないように大きく深呼吸をして気持ちを立て直すと、今度は低くしわがれた声が降ってきた。

「これ、マクダレーナ……落ち着きなさい。よく来たな、面を上げよ」

「お召しにより参上いたしました。陛下と王妃殿下におかれましては……」

フランツが挨拶をしようとすると、その声をマクダレーナが遮る。

「面を上げよ、ジルダとやら！」

「……！　は、はい……っ」

いきなり名を呼ばれるとは思わなかったジルダは、声が裏返ったまま顔を上げた。

玉座に座っているのは国王、その隣で上体を前のめりにしているのが王妃マクダレーナだ。マクダレーナはフランツやクリスティンよりも少し年上であろうか、目を大きく見開きずいぶんと興奮している様子だ。

「おお、なんたる美しさじゃ……話で聞くよりももっとずっと美しいではないか。どこぞの国の姫だと言っても納得の美貌よのう。まさか鄙《ひな》びた街はずれにおぬしのような者が住んでいるとは。王都も狭いようで広いのう」

「お、恐れ入ります……」

やはり事前に調査されていたのだと知り、全身の皮膚が粟立つ。

夜会ではそこまでジルダの身の上を詳細に説明はしなかった。

それを知っているとなると、人を使って調べさせたという線が一番濃厚だ。

「陛下、そして王妃殿下。この者がこのたび我が息子エルベルトの婚約者となったジルダにございます」

すべてを承知しているであろうことを几帳面に報告するフランツは、おかしな空気になっていた謁見の間に秩序を取り戻そうとしているようだった。

「うむ。しかしダヴィア公爵家の嫁としては些か懸念が残るのではないか？」

高貴な青い血が穢れてもかまわないのかと暗に問う国王に、エルベルトが間髪容れずに顔を上げる。

「恐れながら陛下。貴族とて元は民でした。手柄を立てたものが民を守る側となったにすぎません。その末裔たる私がジルダを娶るのにどんな懸念があるというのでしょう」

口調は柔らかいが、目が据わっている。

これは明らかに不敬だ。

ジルダが慌てるがエルベルトは意に介した様子がない。

（ど、どうしてエルベルト様は国王様に喧嘩腰《けんかごし》なんですか……っ）

国王が怒りださないかと思うと動悸が治まらないジルダは、恐ろしくて泣きそうになる。

エルベルトは毅然と顔を上げたままで、フランツが控えるように小声で窘めるが態度を変えない。

「ふむ。エルベルトがそういう覚悟ならば、私はなにも言うまい」

含むものがあるような口ぶりの国王だったが、玉座に背中をもたれかけさせ大きく息を吐いた。その様子からは疲れていることが窺える。

「そうじゃ！　エルベルトが妻を娶る気になったことが喜ばしいのじゃ！」

国王と反対に王妃は興奮が冷めやらぬ様子だ。

ジルダは国王の勘気よりも王妃の狂騒《きょうそう》のほうがより恐ろしく感じた。

王妃が言っていることは、ジルダがダヴィア公爵家に入ることを許容するものだ。

王族から賛成を得られるのはありがたいはずなのに、どうしてか怖気が走る。

「のう、ジルダとやら。そちまさか石女《うまずめ》ではないだろうな？　そうでないなら早くエルベルトとの子を作れ。そなたらの子ならば美形になるに違いないからのう。おのこはすべて王城で引き取ろうぞ」

王妃は猫なで声でとんでもないことを言った。

謁見の間の誰もが呆気にとられて二の句が継げずにいると、王妃はそれを了承と取ったようだ。

「な！　よい考えじゃろう！　心配せずとも王城の私の宮で大事に大事に愛でてやろう。ああ、よい考えじゃ」

「王妃様、いったいなにを……」

「マクダレーナ、なにを言っているのだ……」

国王は慌てたように玉座から身を起こすと、王妃に黙るように合図を送るが彼女は自分の発言に夢中になっている。

傍で控えていた王妃の小姓《こしょう》がぶるぶると震えだす。

「そうじゃ、大きくなってから召そうとするから軋轢が起きるのじゃ。エルベルトのときはそれで失敗してしまった」

さらりと言った王妃の言葉に謁見の間の空気が凍りついた。

この流れでどうしてエルベルトの名前が出てくるのか。

ジルダは咄嗟にエルベルトを見た。

エルベルトは新緑の瞳を見開いて王妃を見ている。

その顔色は悪く、怒っているようにも恐れているようにも見えた。

しかし沈黙を破ったのはエルベルトではなくフランツだった。顔色が悪い。

「王妃殿下……それは、エルベルトが誘拐されたときのことをおっしゃっているのでしょうか……？」

マクダレーナは扇を広げて顎を上げる。

「そんな顔をするでない公爵。もう時効じゃ……アレは本当に不幸な行き違いじゃった。わらわは丁重に連れてくるように言ったというのに、あやつめ勘違いをしおって」

顔をしかめてマクダレーナは「遺憾だ」と言う。

マクダレーナの言う『あやつ』が具体的に誰のことを指しているかはわからないが、話の流れから幼いエルベルトを誘拐した人物のことを言っていると思われた。

「王妃様、本気でそんなふうに思っていらっしゃるのですか？」

エルベルトからでたのは、ようやく絞り出した、カラカラに掠れた声だった。

美しい顔には苦悩が滲み、額に汗を滲ませている。

エルベルトにしてみれば大怪我を負い、さらに心に消えない傷を負い、今もそれに苦しめられているのだ。

その元凶たる人物が目の前にいて、謝罪の一言もなく『時効だ』などとうそぶいているのは到底許しがたいのだろう。

理性で抑えているものの、いつ感情が爆発してしまうかわからない。

（いくら諸悪の根源とはいえ、国王陛下の前で事に及んでは、いくらエルベルト様でも無事ではすまないはず……）

そんな周囲のことなど気にした様子もなく、王妃は興が乗ったように話し続ける。

「エルベルトとジルダの子供ならば、天使のように可愛らしいに違いない！　幼い頃のエルベルトは本当に可愛らしかったからのう。まさに天使だった。あの大事な時間を共に過ごせなんだのは、大いなる損失じゃった……」

苦痛に歪むマクダレーナは、過去のあやまちを悔いているわけではない。

幼いエルベルトの一番可愛らしかった時期を独り占めできなかったことを、悔やんでいるのだ。

そのあまりにも身勝手な言いように寒気すら覚え、ジルダは身を強張らせる。

「そもそもあんなことになったのは公爵のせいなのだぞ？　本当は正式な手続きを踏んでエルベルトをわらわの小姓にしようと思っていたのに断るから」

あまりな言い草に開いた口が塞がらない。

王妃は公爵のせいだというが、断ったのに攫《さら》ってまで思い通りにしようとしたマクダレーナが悪いに決まっているのに。

（王妃様は善悪の区別がつかないのかしら？……いいえ、そうじゃなく……）

ジルダはマクダレーナの言動に違和感を覚えた。

それくらいは冷静さを保っていたのだ。

だが、次の一言でジルダの堪忍袋《かんにんぶくろ》の緒が切れた。

それは予想だにしなかった言葉だった。

「結局エルベルトの命は助かったのだし、こうして立派に成長してジルダという美しい伴侶を得るのだから、結果的にすべてがまるく収まったということじゃな！　むしろわらわのおかげと言えるかもしれん。功労者としてわらわを崇《あが》め、生まれてくるおのこを預けることぐらい、どうということはないじゃろう？」

頭が真っ白になったジルダは反射的に顔を上げ、爪が手のひらに食い込むほど強く握り込み口を開く。

「……っふざ、……！　……長年エルベルト様を苦しめておいてそんなことを言うなんて……耳を疑ってしまいます……っ」

思わず『ふざけるな！』と言いそうになり、ジルダはなんとかギリギリで飲み込んだ。

隣にいるエルベルトも驚いたのか目を見開いている。

それはフランツもクリスティンも、さらに言えば国王と王妃も同じだった。

誰もがジルダが発言するとは思っていなかった。

しかしジルダは煮えるような怒りと共に、どこか冷静に考えてもいた。

（ここで無遠慮に発言し怒りを表すことができるのは……平民であるわたしだけだから……！）

公爵と公爵夫人、そして次期公爵は国王に忠誠を誓う臣下として、これ以上意思表示はできないだろう。

ならば後腐《あとくさ》れなく言いたいことを言える自分がぶちまけてやるんだ……ジルダはそう考えていた。

そうすることでエルベルトの傷が癒えるわけでも、なかったことになるわけでもないが、相手が権力者だからといってこのまま泣き寝入りだけはしたくない。

（エルベルト様の苦労の万分の一でもやり返してやらないと気がすまない……っ）

ジルダはすくっと立ち上がり「恐れながら！」と王妃を見据えた。

「恐れながら、今の王妃様のお言葉はあまりに現実離れしていて、俄かには信じがたいのですが……幼いエルベルト様を拉致監禁して心と身体に傷を負わせたこと、どのようにお考えですか？」

「どうもなにも、災難よのう……としか」

それ以外にどう言えと？　と言わんばかりに首を傾げたマクダレーナには、悪意のひとかけらも見受けられなかった。

「……親が子供を手放すつらさを理解されておりますか？」

ジルダの問いにマクダレーナは小首を傾げ、眉をひそめる。

「それくらい知っておるわ。手放すと言っても、死ぬわけではなかろう？　わらわの宮で楽しく過ごすだけじゃ。それ、そこな小姓と同じようにな」

急に扇で差された子供がビクリと肩を震わせた。

ジルダは、その子供に見覚えがあった。

緊張で気付かなかったが、ウーヴェ神父の教会に併設されている孤児院にいた子供のひとり、カインだ。

「望んで侍るならいいのです。断られたのに無理やり連れていこうとしたり、権力で好きに扱ったりするのがよくないと申しております」

「……ぼくだって、好きでここにいるわけじゃないよ……っ」

急にカインが大きな声を上げた。

「お城で楽しくお話をしたり、お菓子を食べたりするだけだっていうから来たのに……っ、一緒にお風呂に入ったり同じベッドで寝たり、嫌だって言うと教会がどうなってもいいのかって怖い声で言うし……っ、だから帰れなくて……っ」

しゃくりあげながら泣き出す子供の言葉に、大人たちの背筋が悪寒に襲われた。

侍従が数人駆け寄ってきて子供の口を塞ぎ連れていこうとするが、それをエルベルトが鋭い声を発して止める。

「やめろ、その子供に触れるな！」

優しいと評判の貴公子から、そのように厳しい声が飛んでくるとは思わなかったのだろう。侍従が凍りついたように動きを止める。

エルベルトは大股でカインに近づき、片膝をついて目線を合わせると手を差し伸べた。

「おいで、帰りたいなら私が教会まで送ってあげよう。嫌なら嫌と言っていいんだ。私が責任をもって君と教会を守ろう」

「う、うわーん！　帰りたいよ……！　神父様とシスターのところに……っ、ここにはいたくない！」

カインはエルベルトに抱きついて、顔をぐしゃぐしゃにして泣いた。

「この子は連れて帰ります――よろしいですね」

エルベルトの有無を言わせぬ視線に、さすがの王妃もたじろぐ。

「う……っ、本人が嫌だというのに無理に止め置くことはせぬ。しかし任意であればよかろう？　それにエルベルトとジルダの間におのこができたら……」

王妃は諦めていないのか、この期に及んでなおも食い下がる。

ジルダはそれにきっぱりと否を突きつける。

「何人子供ができようとも、男の子が生まれようとも、わたしはエルベルト様との子供を他人に預けるようなことはいたしません。全員この手で育てます！　愛しいエルベルト様との子供をどうして手放せるとお思いですか！」

話しているうちに気持ちが昂ってきたのか、ジルダの頬は紅潮し金の瞳が輝きを増している。

それはただ容姿が優れているからだけではなく、内側からあふれるような生命力を感じさせた。

「ジルダ……」

どちらかと言えば内気で遠慮がちなジルダの激しい一面は、エルベルトを驚かせた。それが決して嫌ではなく、彼女の新たな魅力として受け止められた。

「王妃殿下に対して無礼な！」

侍従のひとりが声を上げ、衛兵にジルダを捕らえるように命令するのを聞いて、エルベルトはジルダと子供を背に庇い、鋭い視線でそれを制する。

「無礼はどちらか！　王族ならばなにをしてもいいというお考えならば、今すぐ改めていただきたい！」

揺るぎない心から発せられた凛とした声は、それだけで人の心を動かす。

衛兵はそれ以上エルベルトたちに近づくことができず、二の足を踏む。

そこへ静かに立ち上がったフランツが発言する。

「二十五年前の事件とこたびの暴言に、ダヴィア公爵家は王家に対し正式に抗議します。

もしもこちらの意見を聞き入れてくださらないのであれば、それ相応の対応をさせていただきます」

「そ、それ相応の対応……？」

国王が慌てたように玉座の肘置きを強く摑む。

これまでこのように強気に発言したことのないフランツの剣幕に、脅しではない本気を感じ取ったのだろう。

「ええ、場合によってはダヴィア領の独立も視野に入れています」

それほどのことなのだと暗に告げたフランツは、改めて腰を折ると謁見の間をあとにする。ジルダたちもそれに従い次々と踵を返した。

背後からは国王が制止する声がしていたが、誰も振り返ることはしなかった。


「まさかの事態で驚きです……」

公爵邸に戻ってきたジルダは、まだどこか夢心地でお茶のカップを手に取る。

気分を落ち着かせるようにと、ハーブティーが淹れられていてほっこりする。

連れ帰ったカインは、メイドに世話を頼んで別室で休ませている。

「ああ、父上……あれは」

説明を求めるエルベルトに、フランツはワインをあおってから静かに話し始める。

「二十五年前初めて王城にエルベルトを連れていった際、王妃からエルベルトを王城に召すと言われたのだ」

「なんですって？」

初耳なのだろう、エルベルトは驚きの声を上げる。

しかしすぐに「そういえば」と王城で帰る間際に留め置かれたことを思い出す。

「その頃から、おかしな噂はあったのだ。王妃のことなので表立って話すことはできなかったが……」

王妃が幼い子供を偏愛している。

行儀見習いだの孤児の職業訓練だのという名目で、時折子供が集められたという。

貴族の中には噂を聞いて自ら子供を差し出し、王妃に媚び諂う者もいたらしい。

「特に十歳までの子供が危険だと知っていたから、私は適当に理由をつけてそれを断った……しかしそのあとすぐにお前が誘拐されて」

皆が一様に渋い顔になる。

そのことは誰も思い出したくもないことなのだ。

エルベルトも冷静な顔をしていたが、拳を強く握り込んでいた。

ジルダはその手を包み込むようにして優しく触れる。

するとエルベルトは眉を下げて隣に腰かけているジルダに少し体重を預け、手を開いて指を絡めた。

（甘えてくれている……！）

それがひどく嬉しく、そして照れくさいジルダは唇を噛んで真剣な話し合いの場で顔が綻んでしまわないように必死に取り繕った。

「私たちはすぐに王妃の差し金だと思ったが証拠がなかった。王城の騎士や子飼いの傭兵を使った形跡もなかった……あの口調だと汚れ仕事専門の者を手配したのかもしれないな」

そこまでは調べきれなかったとフランツは眉間にしわを寄せる。

格下ならいざ知らず、相手は王家である。

証拠もなしに、いや証拠があっても探るのは難しかっただろう。

「手違いのようなことを言っておられましたが、手違いでエルベルトがあんなひどい目に遭ってしまうのは許せませんわ」

クリスティンは怒り心頭な様子でお茶を口に含む。

気持ちを落ち着かせようとしているらしいが、うまくいっていないようだ。

「到底許せるものではありませんが、しかしグルガーニからの独立とは些か飛躍のしすぎではありませんか？」

エルベルトは眉をひそめる。

併合前のダヴィアは自治が認められており公国を名乗っていたが、突然グルガーニからの侵略を受け併合を迫られた。

臣民のためにそれを受け入れた当時の大公も、まさか自分の子孫がグルガーニからこのような仕打ちを受けるとは思わなかっただろう。

「いや、ずっと考えていたのだ。このままグルガーニ王の下で、果たして家族や民を守れるのかどうか……」

決して一時の感情で言ったものではないのだと言うフランツは、エルベルトと隣に座るジルダを順番に見て、引き締めていた表情をふっと和らげる。

「それにしても、ジルダの度胸には驚いたな」

「えっ」

急に話題を振られたジルダは驚いて声を上げる。

「そうそう。それまでは緊張して震えていたのに、まさか王妃殿下に意見をするなんて」

クリスティンが目を細める。

「ああ、驚いたな。それに私との子供を渡さないと啖呵を切るとはね。それほどまでに想われているなんてなんだか面映ゆいな」

絡まる指をさわさわと動かしながら、エルベルトがジルダのこめかみに軽く口付ける。

「あっ、だってあれは、ここで言質を取られたらなし崩しに子供を奪われてしまうと思ったので！　あのとき王妃様に後腐れなく楯突けるのはわたしだけだったから……」

「後腐れ？」

その一言に反応したエルベルトがぴくりと片眉を上げた。

どういうことだ、と視線で説明を求められたジルダは、なんの気負いもなく告げる。

「公爵様も夫人もそしてエルベルト様も、王様や王妃様からご不興を買ってしまったら後々禍根が残るじゃないですか？　それだとお屋敷の皆さんも領地の皆さんも困るので、無礼討ちにあっても代わりが利くわたしが意見するべきだと……きゃ!?」

言い終わらないうちにジルダは、エルベルトに両肩を摑まれた。

「なんてことを考えていたんだジルダ！　私は君にそんなことをさせるために連れていったのではない！」

王城に行ったのはもちろん国王から召喚があったからだが、エルベルトはただひとりの伴侶としてジルダを伴って行ったつもりだった。

いくらエルベルトのためとはいえ、自分をそのように簡単に犠牲にするような考え方は許容できるものではない。

「そうだぞ、ジルダ。もう決してそんなことを考えてはいけない」

「ええ、もちろん。誰かの犠牲の上に立つ領主など、あってはいけないのよ」

（あ、あれ？）

ジルダは困惑した。

帰って来てからというもの、ダヴィア家の面々のジルダに対する態度が変わった気がするのだ。

もちろん婚約を認めてくれたのだから、ジルダのことを受け入れてくれていたのは知っている。

しかし、今は『受け入れた』よりももっと近くに感じる。

「ジルダ、君は私にとって……いや、私たちにとってかけがえのない稀有な人物なのだ。あのような無理は、もうしてはいけないよ？」

甘い、しかし真剣な眼差しのエルベルトから噛んで含めるように言われたジルダは慌てて首を縦に振る。

「は、はい……！　神に誓って、もうしませんっ」

ジルダとて、あのようなことができたのは不思議なのだ。

気が小さくて引っ込み思案な自分が、国王や王妃にあんなことを言える度胸があるとは終ぞ知らなかった。

（でもあのときはわたしがなんとかしなきゃって、必死だったから……）

エルベルトのために、とジルダは視線を上げる。

もう無理なことはしないと誓ったジルダに安堵したのか、エルベルトは穏やかな表情を浮かべていた。

摑まれていた肩が解放されたとき、エルベルトの手がいかに熱かったのかを感じて胸が熱くなる。

(エルベルト様……、そんなにわたしのことを……っ)

自分は果報者だと感慨に耽っていると、エルベルトに手を取られ半ば強引に立たされる。

「エルベルト様?」

「お説教は終わりだ。さあ、行こう」

行こうってどこへ……と言いそうになったジルダは、フランツとクリスティンがさりげなく視線を逸らしていることに気が付く。

(え、……あ、…………ああ……っ)

二人は親子ゆえにエルベルトの気持ちがわかったのだろう。

よく見れば若葉色の瞳の奥に、ちろちろと感情の炎が揺らめいているのがわかる。

「は、はい……」

なにに対して承知したのかをあまり深く考えてほしくないと思いながら、ジルダはフランツとクリスティンに退席の挨拶をしてエルベルトと共に寝室へ籠るのだった。

数日後、お忍びでグルガーニ国王が王都の公爵邸を訪れた。

今度のことの釈明に来たという。

短い挨拶のあと、国王は沈みこむように椅子に腰かけた。

先日の謁見に引き続き、かなり疲労している様子だ。

「……まずは、マクダレーナのことだが」

そう切り出した国王は俯いたまま話し始める。

国王によると、王妃は王城を離れ、王家ゆかりの別荘で静養することにしたらしい。

「信用のおける護衛を置き、厳しく人の出入りを制限するため、二度と同じことをさせない……」

「信じてもよろしいのですね」

念を押すようにフランツが聞くと、国王は僅かに顔を上げた。

「もちろんだ。マクダレーナは……もう王都には戻らない」

苦悩でしわがれた声には決意が滲んでいた。

それを察知したフランツが身を乗り出す。

「そこまでなさるお気持ちがあるのなら、どうしてもっと早く王妃殿下を止めてくださらなかったのです？」

王妃という立場にある者を諌めることは王以外には難しいだろう。

たとえ忠臣であろうとそう簡単にできるものではない。

ましてやあの気性である。

二の足を踏むのは理解できた。

ダヴィア公爵としては中央権力から一歩引いた立場を取っていたことからも、積極的にかかわろうとしていなかったことも裏目に出た。

「公爵は知っているだろうが……マクダレーナとて最初からあんなではなかったのだ」

フランツはゆっくりと顎を引く。

この場で事情を知らないのはエルベルトとジルダだけらしい。


マクダレーナは聡明な女性だった。

そして責任感が人一倍強かった。

幼い頃から王妃になるよう教育された『完璧な淑女』。

予定通り国王に嫁ぎ王妃となり、いざ子供を産む段になって、マクダレーナは初めて失敗したと言われた。

生まれたのが女児だったのだ。

もちろん生まれてきた子供に優劣はない。

女児だろうと我が子の誕生はマクダレーナにとって喜ぶべきこと。

しかし心無い輩は『男児を産めなかった出来損ない』と噂した。

それに心を痛めたマクダレーナは、産褥期が過ぎると生まれたばかりの娘を乳母に預けきりにして国王との閨事に熱中した。

なんとしても男児を産まなければならないという、強迫観念に憑りつかれていた。

先に生まれた女児を顧《かえり》みることなく、男児の誕生を強く強く望んだ。

彼女はただ生まれるのでは納得しない。

強くて美しくて誰からも文句を言われず、誰もがひれ伏すような人物でなければいけない――マクダレーナはそう思い込んでしまった。

そうして二年後に生まれた待望の男児を、マクダレーナは溺愛した。

出産の際事故があり、もう子供が望めない身体になってしまったが、この子供さえいれば問題ないと痛む身体をおして嬰児《みどりご》を腕に抱く。

これで大丈夫だ、ようやく息ができる。

そう泣いて喜んだにもかかわらず、ハンスと名付けられた王子は流行病であっけなく死んでしまった。

マクダレーナの嘆きは深かった。

どうして、どうしてと神に問い続け、涙が涸れても慟哭は止まらない。

そんなマクダレーナを憐れに思ったのか、ある貴族が生まれて間もない男児をマクダレーナに預けた。

逆効果だと止める声もあったが、男児を抱いたマクダレーナは瞬く間に元気を取り戻し普通に振る舞った。

泣いてはいられない、これからどう生きていくかが大事なのだと言い、周囲は元の聡明な王妃が戻ったと心底安堵した。

だが、マクダレーナは立ち直ってなどいなかった。

どうしたら完璧な男児を手に入れることができるのか、そればかりを考えていた。

母親の度を越した男児への執着から、王女は己に存在意義を見出せなくなり、親戚である辺境伯を頼って王城を出た。

その一件が国王とのすれ違いを生み、王妃は自身の心の安寧のために必要なのは『強くて賢くて美しい、誰からも好かれる男児』を手に入れることなのだと定めてしまう。

マクダレーナの中で、男児とは十歳以下程度の子供のことらしい。

預けた子供も十歳を過ぎると帰ってくるのが常だった。

しかし親元に戻った子供たちは精神が不安定で、屋敷に閉じこもりきりになるなど問題が発生した。

なにがあったのか聞いても頑なに口を開かない。

そうなると、自分の子供の将来と引き換えに王妃に差し出す貴族はいなくなった。

しかし王妃は美しい男児を求めるのをやめない。

そんな中起きたのがエルベルト誘拐事件である。

フランツが考えた通り王妃が人を使って誘拐させた事件だったが、もともとエルベルトが注目されていたため、これ以上親がいる子供を入手するのは難しいと悟ったのだろう。

王妃が孤児に狙いを定めるのは必然と言えた。

「私が気付いたときにはもう、あとに引けぬところまで来てしまっていた……」

国王は悔やんでいるようだが、エルベルトは冷たく言い放つ。

「問題は気付いたときに対処するものです。あとでいくら言い繕っても責任逃れとしか思えません」

「エルベルト」

けんもほろろに言い捨てるエルベルトを、フランツが窘める。

その顔が『少しはまろやかにしろ』と言っているようだ。

「ああ、わかっている……だが、私とてマクダレーナのことが心配で……いや、これも言い訳か。結局放置したのだからな」

根底に王妃への愛や労わりがあったのだろうが、結局面倒ごとを避けてしまったがゆえにここまでになってしまったのだ。

「私の事件以来強引な手を使うことがなくなっていることを考えても、王妃殿下は理性的に計画的に行動しています。これは律すれば治るものではなく、そういう病なのだと思います」

はっきりと突きつけられ、国王は低く唸る。

「むう……、そうだな……エルベルトの言うことはもっともだ。先日のことも、二十五年前も、申し訳なかった」

君主が臣に頭を下げることはない。

それは不可侵の約束事だ。

だが、国王は敢えてエルベルトに頭を下げた。

「顔をお上げください、陛下……」

「うむ。しかしこうして頭を下げるのも非公式の今しかできぬこと……許せ」

エルベルトと公爵夫妻は国王の謝罪を受け入れた。


王妃が別荘に静養に行くことになり、王城に集められていた小姓たちは少なくない金額の詫び金を持たせられ、もといた場所へ戻されることとなった。

貴族家に帰る者もいれば孤児院に戻る者もいた。

しかし中には戻る場所のない子供もいて、そういう者たちは一時的に公爵家で預かりジルダが世話をすることとなった。

「大丈夫か、子供の世話は大変だぞ」

エルベルトはジルダが頑張りすぎるのではないかと心配するが、彼女は持ち前の体力で思わぬ奮闘を見せる。

子供の面倒を見ながら、公爵家の嫁としての務めも果たし、夜は夜でエルベルトとの時間を大事にするジルダは多忙を極めたが、充実していた。

ジルダの活動と並行して、エルベルトはウーヴェ神父と孤児院の拡張と整備を進めた。

これまで通り孤児を受け入れる生活の場としてだけでなく、将来の選択肢を広げるために教育や職業訓練の場としての側面を持たせたのだ。

孤児院周辺の土地を買い、新たな施設を作り人を雇《やと》うと自然と人の意識は教会へ向き、関心が高まっていく。

そのうちに孤児でなくとも施設の中の教育を受けたいという声があがり、誰もが利用できるようになり地域との交流が自然発生した。

そこで学んだ者は、偏見や特権意識を取り払った新しい考えを持つようになっていった。

「グレーテ殿から？」

久しぶりに早く帰宅したエルベルトは、ジルダから一通の手紙を見せられた。

「ええ。今日届いたんです、一緒に読みましょう」

開封しないで待っていたと微笑むジルダに、いいのか尋ねると「もちろん」と返事があった。

手紙の一枚目には『一度は諦めたが、海の側で暮らしていた昔のことを懐かしく思い出すうちに今が一番若いのだと思うようになり、計画を行動に移した。満足している。いつか遊びにおいで』というようなことが書かれてあった。

二枚目にはジルダの出生について記《しる》されていた。『あんたが小さかったから母親は病気で死んだとしか教えなかったけどね……』とあり、実はジルダの母は西の国の王族と恋仲になってジルダを身籠《みごも》ったらしい。

西の国は勘が鋭い人間が多く、淫魔との混血は今よりもずっと迫害されていたため、ジルダを身籠った母はグルガーニに逃げてきた。

『思い出してちょっと探ったら淫魔だってバレてないみたいだったから、ジルダの身元がどうこう言う馬鹿がいたら、実はご落胤《らくいん》だって問い合わせてみな』と証拠としてジルダの母が恋人だった王族からもらった恋文が同封されていた。

「まさか……」

「さすがにこれはおばあちゃん特有の冗談ですよねえ……」

ジルダが顔を引き攣らせながら同意を求めるがエルベルトは顎を指でなぞる。

ありえなくはないと思ったのだ。

それに同封された恋文には、彼の国の王族が使うとされている特殊なサインがされている。

「詳しく調べなければ確証は持てないが、あながち冗談とも言えない。なによりジルダの出生について嘘や冗談を書く人だとは思えない」

エルベルトは飄々としたグレーテを思い浮かべる。

そんなに長くかかわった人物ではないが、ジルダからよく話を聞いているため、いやに身近に感じるのが不思議だった。

「そうか……そうですよね」

ジルダは動揺のあまりグレーテを疑ってしまったことを恥ずかしく思う。

裏付け作業は任せるように言うと、エルベルトはジルダのこめかみに口付けた。

「それにしてもグレーテ殿は元気そうだな」

「ええ。もしかしたらわたしたちよりもずっと元気で、行動力があるのかもしれません」

ジルダはグレーテと二人で行くはずだった海への移動ルートや、移住後の生活について楽しそうに語った。

女二人、なんの気兼ねもない旅と生活はひどく楽しそうだったが、エルベルトはふと気付く。

（その計画、国境越えていないか……？）

グレーテは淫魔の血を濃く受け継いで長命だ。

国境を越える際の身分証明はどうなっているのだろう……。

そんなことを考えたエルベルトだったがジルダがあまりに楽しそうにしているため、無粋なことは考えないことにした。

「いつか、おばあちゃんに会いに行きましょう！」

思い出して会いたくなったのか、ジルダがエルベルトの肩にもたれかかって甘える。

「もちろんだ。だが、なかなか休む暇がないな……」

「ええ、毎日充実していますからね」

滅多に弱音を吐かないエルベルトがため息をついたことに驚きつつ、ジルダはそれを微笑ましく思う。

エルベルトが肩の力を抜くときに、隣で支えられる存在でいられることが嬉しいのだ。

フランツやクリスティンによると、エルベルトは幼い頃から優秀だったためあまり甘えてくることがなかったらしい。

事件のあとも、甘えるよりは気持ちが落ち着くまで閉じこもるタイプだったと聞いた。

「……ジルダに触れていると、疲労が溶けていくようだ」

「そうなんですか？」

ならばもっとくっつこうと気合を入れたジルダは、エルベルトによって軽々と抱き上げられてしまう。

「きゃ！」

「ソファに行こう。もっとしっかりジルダに触れたい。ああ、気持ちいい……」

歩きながらジルダの胸元に顔を埋め、そこで深く息をつくエルベルトが蕩けそうな声を上げる。

その声は本当に気が抜けていて、重いから下ろしてもらおうと思っていたジルダは諦めてエルベルトの首に腕を回して密着する。

ささやかな夫婦の触れ合いでエルベルトが癒されるならと思っていると、ソファに下ろされる。

癒しが必要なほど疲れているなら最大限優しくしようと頭を撫でる。

「ふふっ、わたしでよければいくらでもどうぞ」

確かにここ最近ずっと働き詰めだった。

エルベルトはダヴィア領の仕事と並行して、王城の仕事も、そして孤児院経営にも一役買っているのだから無理はない。

単純に身体の疲労だけならいいが、神経を使う仕事もある。

繊細で完璧を求めるエルベルトならば倒れてしまってもおかしくないのだ。

「少し、お休みを取られてはいかがですか？」

「それは、ジルダも？」

くぐもった声が胸元から聞こえて、ジルダは曖昧に微笑む。

軌道に乗ったとはいえ、大勢の子供を預かる仕事はトラブルも連続だ。

特にジルダでなくてもいいことでも、ジルダ自身が気になってついかかわってしまうことも多い。

それに、エルベルトはなにくれとなくジルダの世話を焼く。

愛情ゆえだと知っているが、時折それが申し訳なくなるときもある。

「わたしがいてはエルベルト様が休まらないのではないですか？」

金の髪に頬ずりして尋ねる。

優しい彼はきっと『そんなことない』と否定するだろう。

だからこそ、ジルダはエルベルトを休ませるために策を講じねばならない。

「なにか考え違いをしているようだが」

胸に痛みを覚えて、ジルダはエルベルトにもたれていた身体を離す。

見ると胸に薄く歯型がついている。

今は見えにくいが、時間が経つとくっきりと痕《あと》が見えてしまうだろう。

噛み痕を冷やそうと咄嗟に膝の上から降りようとするが、しかし強く腰を押さえられて思い通りにならない。

「え、あの……？」

「話を聞いていた？　私はジルダと触れ合っていると疲れが取れるのだが」

今度は身体を引き寄せて熱い舌が鎖骨を這う。

ジルダの身体がビクリと反応するのを見て、エルベルトは口角を上げた。

「わかった、わかりましたから……っ」

このままでは身体の奥に熱がともってしまいそうだと感じたジルダは慌てる。

夫婦のことゆえにかまわないのだが、まだ明るいうちからあのような淫らなことに耽溺するのは憚られた。

（しゅ、淑女として……っ）

だが、エルベルトはそう思ってないようだった。下から見上げてくる新緑の瞳はジルダのことを責めるように曇っている。

「さきほど『わたしでよければいくらでも』とか言っていたのは、その場しのぎの嘘だったということか？」

（そうじゃない、そうじゃないけど……っ）

ジルダの胸の奥がじくじくとおかしな痛みを訴える。

エルベルトへの愛しさと、拗ねたような彼が思いのほか可愛らしいのと、そうさせているのが自分なのだという背徳的な独占欲が綯い交ぜになって息が苦しい。

「……っ、思いのままに触れ合ったら、余計に疲れてしまうでしょう？」

大人なのだから適切な触れ合いで納得することも大事……そう思うのに、一度火がついてしまった身体は簡単には治まらない。

吐息が熱を孕んでいることを知られないよう気を付けながら視線を逸らすと、エルベルトが不敵に笑った。

「疲れないよ。逆に気力が漲る」

腰を支えていた手が明確で不埒な意思を持って脇腹を撫で、胸のふくらみに添えられるとゆっくりと撫でまわす。

「あの……エルベルト様……」

エルベルトに対して牽制の言葉を発しながら、ジルダは内心計算をしていた。

(このあとの予定はないわ……今日は締めつけるタイプのコルセットはつけていないから、ひとりでの脱ぎ着もできる……このまま流されても大丈夫……っ)

意を決してエルベルトに向き直ると、彼はじっとジルダを見つめていた。

「気持ちは決まった？　ああ、こんなときジルダと私は好きの種類や大きさが違うと感じてしまう自分が嫌になってしまう」

エルベルトはジルダの膝裏をすくうと軽々と抱き上げ、寝室へ向かう。

「ちょっと、待ってくださいエルベルト様……っ」

抱き上げられた目線からの景色に既視感を覚え、ジルダはいつのことだろうと考える。

(あ、……初めてお屋敷に来たとき……)

あのときも同じように抱き上げられて寝室へ向かった。

クラウゼンが扉を開けてくれて、中へ入ったことを覚えている。

今はクラウゼンがいないため、抱き上げられたままジルダがドアノブを握った。

「ジルダ……」

エルベルトはそのまま早足でベッドまで行くとそっとジルダを下ろした。

相変わらず四方の壁には鏡が張り巡らされて、どこを見ても自分と目が合う。何度鏡の間で契っても羞恥心はなくならない。

それを避けるためには、――よそ見をせずエルベルトを見ているのが一番だ。

「エルベルト様はそんなふうに言うけれど、わたしだって好きの深さでは負けていないいんですから」

ときどき考えることがある。

もしもエルベルトと会わず、別の誰かとこういう関係になったとして、その相手がこのような趣味を持っていたら。

ジルダはきっとその男とは距離を置いただろう。

(だって、ありとあらゆるところを余さず見られてしまうなんて、エルベルト様以外に許せる気がしないわ)

つまり、もうジルダは身も心もエルベルトに捧げているということなのだ。

ありえない仮定をいくら考えても現実的ではない。

「わたしの好きは、しつこいですよ……！」

ジルダは伸び上がってエルベルトの首に腕を回すと、引き寄せて唇を奪った。突然のジルダの行動に体勢を崩したエルベルトだったが、すぐに口付けに応じ舌を絡める。

「ん、ふぅ……っ、む……」

すぐに主導権を握られてしまったジルダは、それでも必死にエルベルトを気持ちよくさせようと頑張った。

エルベルトはジルダが満足げに息をつくのを好む。

わざと耳の側で息をつくとエルベルトがぶるりと身体を震わせたのがわかる。

「ジルダ……」

呼ばれた名前が発熱しているようだ。

ジルダは耳が火照るような思いでさらに強く抱きつくが、エルベルトがその腕を少し強引に解いてジルダの身をベッドに横たえさせる。

「エルベルト様？」

いつもは抱きつくと喜ぶというのにどうしたことだろうと思っていると、服の上から胸のふくらみに触れられた。

熱心に乳房を揉み込み、まだ柔らかい胸の先端を丹念に捏《こ》ねられる。

「んんっ、あ……っ」

徐々に乳嘴が固くなっていく。

服越しの愛撫がもどかしくて、二人は服を脱ぎ去り一糸まとわぬ姿で抱き合う。

ジルダの脚のあわいはしとどに濡れ、そこにエルベルトの雄芯が触れるたびに身体が戦慄いた。

「あっ、ああ……っ」

「相変わらずジルダは敏感だな」

エルベルトはジルダの一番敏感なところに指を這わせる。

秘裂は難なく指を受け入れ蜜をこぼす。

「ひあ……っ、や、そんな……っ」

毎日のように身体を重ねていても、ジルダの初々しさは変わらなかった。

頬を赤らめ息を乱し、エルベルトの言葉に過剰なほどに反応する。

本人は気付いていないだろうが、そんなところがますますエルベルトの気持ちに火をつけるのだ。

傷つけないように蜜襞をくすぐりゆっくりと指を挿入すると、ジルダが息を呑んだ。

（ああ、エルベルト様……！）

背筋がゾクゾクするような幸せを噛みしめながら、ジルダは顎を反らす。

すでに潤沢な蜜で抵抗が少ないジルダの隘路は、エルベルトの指に吸いつくように蠢いている。

ジルダの真っ白な内ももが時折引き攣るように動くさまを見たエルベルトは、ごくりと喉を鳴らした。

「綺麗な喉だ。わたしのものだという所有の証を刻みつけたい」

その色香が漂う掠れ声に、ジルダはぎくりと身を強張らせる。

以前気持ちが昂り、エルベルトが衝動の赴くままジルダの首筋に吸い痕をつけたことがあった。行為の最中は夢中だったが、我に返ったジルダは赤くなったり青くなったりと大いに慌てた。

着替えや入浴の際にメイドたちに見られてしまうからだ。

見えるところへは控えるようにエルベルトに頼んだが、彼は目を眇めて言い放つ。

「屋敷の主がメイドの目を気にして、したいことを我慢するなど本末転倒だ。メイドに対してそのような羞恥心を持つのはやめなさい」

つまり、改めるつもりはないと堂々と言われたのだ。

このままではどんな恥ずかしい痕をつけられるか、わかったものではないと感じたジルダは咄嗟に反応する。

「そんな証などなくても、わたしはいつでもエルベルト様と共にいるのに」

そう言ってエルベルトの頬に手を添えて口付けた。

「……っ、本当にジルダは可愛らしい。どうしてくれよう……っ」

蜜洞の中に突き入れた指をいやらしく動かされる。

「あぁ……っ」

くちくちと蜜口から聞こえる淫らな音が、ジルダの思考力を削《そ》いでいく。

ジルダのあえかな喘ぎ声が鏡の間に降り積もった。

僅かな反響が敏感な肌を撫で、快感となりジルダの腰のあたりでわだかまる。

エルベルトはゆっくりと中で指を回してジルダの弱点に触れると、腰を反らして悶えるのをじっと見つめている。

「エ、エルベルト様……、もう……っ」

金の瞳から涙をポロポロ流すジルダの声は震えていて、憐れなほどだ。しかしエルベルトは違うように感じたらしく、唾を飲み込んでなにかをこらえた。

「ジルダ、もう少し待って。もっと気持ちよくなろう」

エルベルトは唇を舐めて湿らせると、身体を伏せてジルダの潤みきった秘裂の上の宝珠に吸いついた。

「……ひっ!?」

ジルダの細い腰が激しく震えたが、エルベルトは動じない。強く吸い上げてから顔をのぞかせている赤い実を舌でぞろりと舐めあげる。

感じやすいジルダのなかでも、もっとも感じやすく弱いところ。

エルベルトだけが知っている、秘密の場所だ。

「あ、あぁ……っ、や、待ってエルベルト様……、ひう!!」

制止するジルダの声は聞こえているはずなのに、エルベルトはただ笑みを深める。同時にヒクヒクと蠢く蜜洞からとろりと蜜があふれた。

ジルダの中では理性が快楽の奔流に押し流されそうになっている。

エルベルトは秘玉を舌でつついて、ジルダの理性を大波で押し流そうとした。

優しく歯を当てると本能的な恐怖が立ち上がったのか、ジルダが引き攣るような悲鳴を上げた。

「ひっ」

(噛まれるっ!)

もちろん本当に噛みつくような野蛮なことはしないと思うが、本能的な恐怖から悲鳴が漏れた。

エルベルトは傷つけないように細心の注意を払いながら、鞘を押し下げて花芽をむき出しにして吸う。

「あっ、ああ……！　や、あ……っ」

同時に中に入れた指を動かすと、ジルダはあっけないくらいに昇りつめ極まった。

蜜洞が指を放さないというように食い締める感触は、エルベルトに挿入とは違う種類の快感を与えたようだ。

すでにエルベルトの雄芯は痛いくらいに張り詰めていて、挿入のときを今か今かと待っている。

天を向いて透明な汁を垂らすそれにちらりと視線を向けたジルダは少しの恐れと大きな期待で身体が疼くのを感じていた。

「エ、エルベルト様……あ、あぁ……っ」

「かわいい、ジルダ。私だけのジルダ……」

荒い息の間からなんとか言葉を紡ぎ出すジルダは、恥ずかしいのか、それとも極まったからなのか、頬を上気させて瞳を潤ませて小さく呟く。

「嘘……可愛いわけないわ、こんな淫らな……」

「本当さ。淫らなところも可愛いんだ。それとも私がジルダに嘘をつくような男だと？」

心外だ、と言いながら何度も唇を重ね啄むようにすると、ジルダが顎を上げて応じてきた。

「んっ、本当に……そう思ってくれています？　わたしが淫らでも、いい？」

ちゅう、とエルベルトの下唇に吸いつき上目遣いに見つめてくるジルダはたとえようもなく美しく、彼女のためならば国を傾けても悔いはないと思わせるに十分だった。

「ああ、本心からそう思う。君は淫らで可愛くて美しくて優しくて……最高の女性だ」

舌を絡めながら中に収めていた指をゆっくりと引き抜き、代わりに熱く滾る欲望の証を擦りつける。

ぬるりとした蜜を全体に擦りつけるようにすると、ジルダから甘い吐息が漏れた。それはジルダ自身も期待しているのだと思わせるのに十分な熱量で、エルベルトは、下腹に血が集まるのを感じる。

「ジルダ、今日は……優しくできないかもしれない」

返事を聞く前にエルベルトの切っ先が、ジルダの潤む襞を捲り上げるようにして押し入っていく。

何度も交合して知らぬところではないというのに、ジルダに挿入するとき、エルベルトは新鮮な気持ちを感じる。

下世話な話をすれば、ジルダの締まりがいいということなのだろうが、エルベルトはそれではすまない、ある種の感動すら覚えるときがあった。

腰を進め隘路を拓く際の快感はなにものにも代えがたい。

ヒクヒクと蠢くジルダの秘所を眺めるのもいいが、視線を転じると顎を反らして快感をやりすごそうとするジルダが見えるのもまた楽しくある。

ゆっくりと腰を使い、蜜口から奥までを余すところなくすり上げた。

途中ジルダが弱いところに先端を当てて押し潰すように捏ねると、まるで猫のような声を上げて喘ぐ。

「あぁ、ジルダ……君をもっと愛したい。どうしたらもっと君を愛せる？」

ジルダの片膝を大きく曲げて肩にかける。

さらに腰が押しつけられ深く交わると、ジルダの口から甲高い悲鳴が上がった。

「ひぁあ……っ、待ってこれ……ふかい……っ！」

ジルダの隘路はキュウキュウと痛いくらいエルベルトの陽物を食い締める。

(こんなに締めつけてしまって……っ、エルベルト様は痛くないのかしら)

熱に浮かされ喘ぎながらもジルダは不思議に思うが、突き上げられ視界がブレながらもエルベルトを見上げる。

そこにはなんとも言えない色香を滲ませたエルベルトが、切なげに眉をひそめて一心にジルダを穿っていた。

「……っ、あ、あぁっ！　ひぅ、ん――っ！」

ジルダの視界が白く弾ける。

ここで極まったらエルベルトも達してしまうだろうことは承知していたのに、どうしても我慢ができなかった。

(だって、エルベルト様ったら……あんなお顔、反則よ！)

ヒクヒクと余韻に浸るジルダは、荒く呼吸を繰り返す中で違和感に気付く。

中のエルベルトが滾ったままなのだ。

「え、あれ……？」

「まだだよ、ジルダ。もう少し付き合ってくれ」

不敵な笑みを浮かべたエルベルトはいったん剛直を引き抜くと、身体を起こしてベッドに座るとジルダに背を向けさせ背後から貫いた。

「はぁう……っ！　や、あぁん……っ」

部屋一面に張り巡らされた鏡には、いつ果てるともしれない愛の行為が映し出されている。それは邪悪なものを遠ざけるために誂えられたものだったが、屋敷の主が最愛の人を見つけてからは余すところなく妻を愛でるものへと役目を変えた。

当初誤解であると思われたエルベルトの『変態性癖の持ち主』という二つ名は、ある意味真実となる。

多少世間知らずのジルダは深い愛情でエルベルトの性癖を受け止めた。

その後もダヴィア公爵家はグルガーニ国から独立することなく、公爵家として国の要と言われるまでになった。

フランツが早隠居をしてダヴィア公爵位をエルベルトに譲ってしばらくすると、療養中の王妃が流行病で亡くなった。

すると不思議なことに、あとを追うように国王も急逝した。

エルベルトは混乱した王城を取りまとめ、辺境にいた王女を呼び戻し、女王として即位するのを助け、宰相として国を支えたのだ。

ジルダは公爵夫人として夫と共に女王を支え、社交界において女王を補佐し、なくてはならない人物としてその存在感を強めていくことになる。

エルベルトは持ち前の有能さと美貌で引き続き世間を騒がせた。

新しい二つ名は『絶対に落ちない、鉄壁の男』。

たくさんの美女が彼を落とそうと言い寄ったがまったく靡《なび》かないためだ。

それどころか、反対に妻のジルダがいかに素晴らしい人物かを布教することで愛妻家の名をほしいままにする。

のちに子供が生まれると溺愛し、妻をも呆れさせたという。

仲睦《なかむつ》まじい公爵夫婦は『理想の夫婦』とまで言われ代々語り継がれた。

# あとがき

初めまして、こんにちは。小山内慧夢《おさないえむ》と申します。

この度は拙作『鏡張り貴公子は清貧の乙女を淫らに愛したい』を手に取って下さり、誠にありがとうございます。正直なところ、再びソーニャ文庫様で書かせていただけるとは思っていませんでした。嬉しさの中にも動揺が隠し切れません。

どどどどどどどどどどうしよう（微振動）、嬉しい！　ありがとうございます！

実は前作『堅物王太子～』ではあまりソーニャ文庫様のレーベルカラーを表現することができていないと感じ、忸怩たる思いでおりました。

担当様からラブコメ枠だという言質をいただいておりましたが、それでもソーニャ文庫様で書かせていただけるなら、そして愛読している者としては『ソーニャ文庫様らしさ』を前面に押し出したい！

小山内だって執着愛を書いてみたい！　監禁とかしてみたい！

ので、名誉挽回とばかりに頑張りました。

掲げた目標は『ヒーローを変態にするぞ！』でした。

そして出来上がった今作……一番の変態はまたもや脇役……。

小山内、完全なる敗北を喫する。

でもよく考えたら小山内に挽回するような名誉はなかったです（笑）。

それでも一生懸命書かせていただいたジルダとエルベルトには愛着があります。

大好きな淫魔要素を入れ込んでノリノリで書き進めることができました。

みなさまにも楽しんでいただけたのならいいのですが。

さて今回は、表紙イラストと挿絵を夜咲《やざき》こん先生が担当してくださいました！

最高の絵が来ると確信してウキウキでラフの到着を待っていたのですが、予想をはるかに超えた素晴らしいラフに小山内は叫びました。

この素晴らしさを早く、誰かと共有したい!!

まあ、その餌食になったのは担当H様だったのですが……。

エルベルトのかっこよさ、品のよさ、繊細な手の仕草……最高か……っ！

ジルダの可愛らしさとそのけしからんお胸……柔らかそうっ!!

挿絵もことごとく素晴らしく、そしてエロく、感謝しかない……夜咲先生、本当にありがとうございました!!

いつも応援して下さる読者様、友人先輩各氏本当にありがとうございます。

小山内がまだ物語を書けているのはみなさまのお陰です。みなさまの心配事が少しでも減り、また幸せをより多く感じられますように、北国から祈っております。

小山内慧夢

この本を読んでのご意見・ご感想をお待ちしております。

◆ あて先 ◆

〒101-0051
東京都千代田区神田神保町2-4-7 久月神田ビル
㈱イースト・プレス　ソーニャ文庫編集部
小山内慧夢先生／夜咲こん先生

# 鏡張《かがみば》り貴公子《きこうし》は清貧《せいひん》の乙女《おとめ》を淫《みだ》らに愛《あい》したい

2024年5月7日　第1刷発行

著　者　小山内慧夢《おさないえむ》
イラスト　夜咲《やざき》こん
装　丁　imagejack.inc
発行人　永田和泉
発行所　株式会社イースト・プレス
〒101－0051
東京都千代田区神田神保町2－4－7 久月神田ビル
TEL 03－5213－4700　FAX 03－5213－4701
印刷所　中央精版印刷株式会社


ISBN 978-4-7816-9769-7
定価はカバーに表示してあります。

**Sonya ソーニャ文庫の本**

**俺の婚約者が可愛すぎるっ!!!**

妖精の末裔クリスティナは、かつて出会った騎士・アレックスに憧れて、気づかぬうちに魅了の「呪い」をかけてしまったらしい。それから五年間クリスティナを想い童貞を貫く彼の呪いを解除するために、かりそめの婚約&同棲をすることに!? アレックスがクリスティナを大事にし好きだと言うたび、クリスティナはこれも魅了の呪いが言わせているのだと悲しくなってくる。そんな時、興奮しすぎたアレックスの苦痛を和らげたくて、彼に肌を許すが——!?

**『初恋をこじらせた堅物騎士団長は妖精令嬢に童貞を捧げたい』**

百門一新
イラスト 千影透子

Sonya ソーニャ文庫の本

『堅物王太子は愛しい婚約者に手を出せない』

小山内慧夢

イラスト 中條由良